?

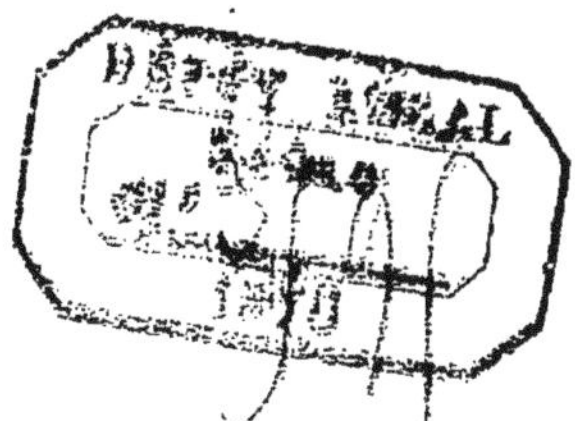

UNE

PAROLE D'HUMORISTE

L'histoire du suffrage universel est l'histoire des proscriptions de la liberté par et au nom de la multitude. PROUDHON.

Notre situation politique et sociale peut se résumer aujourd'hui dans une seule question : Élèvera-t-on prochainement une statue à Louis XVI ou à Marat? L'AUTEUR.

?

PARIS
IMPRIMERIE DUVAL, 26, RUE D'ARCET
1878

Janvier 1878.

MA CHÈRE SŒUR,

Permets-moi de te dédier ce petit livre, dont le sujet est cependant bien en dehors des lectures habituelles d'une femme; mais il m'a semblé que tu devais en approuver l'esprit. Je suis convaincu du reste, depuis longtemps, qu'en matière de science sociale et politique, les facultés en quelque sorte innées, telles que le bon sens, et ce qu'on peut appeler une certaine finesse de jugement, nous guident beaucoup plus sûrement dans l'appréciation des faits sociaux, que la lecture des feuilles publiques et les discours des politiciens. Qui ne sent, en effet, ce qu'il y a en général d'exagéré, de perfide, de faux, dans ce que disent et écrivent journellement ceux qu'on appelle les représentants de l'opinion publique? D'un autre côté, n'avons-nous pas eu, hélas! depuis la fin du dernier siècle, assez de grands prestidigitateurs au point de vue de la plume et de la parole, en politique et en économie sociale; et aucun de ces hommes a-t-il pu parvenir à sauver du naufrage le pouvoir qu'il représentait? Sans compter que presque tous ont fini plus ou moins *piteusement*. On peut donc en conclure qu'il a manqué quelque chose à cette longue série d'hommes d'Etat, si fiers de leurs brillantes facultés et de leur prétendu savoir. Or, ce quelque chose, c'est précisément ce qui ne s'acquiert ni sur les bancs de l'école, ni autour des chaires, mais ce que le bon Dieu n'accorde souvent qu'avec parcimonie, même à ses créatures en apparence les mieux douées.

C'est, enfin, cette clairvoyance intuitive qui sait faire la part des circonstances et des milieux, le sentiment instinctif de ce qui est possible, pratique, que ne donne même pas toujours l'étude prolongée de la comédie humaine.

Aussi, peut-on dire à ce propos, que le jour où les différents gouvernements qui se sont succédés en France, depuis bientôt un siècle, ont commis les plus grandes fautes, sont venus sombrer sur les écueils de l'impopularité, il y a toujours eu, chose singulière, même au milieu des foules, des milliers de voix qui leur auraient spontanément crié : gare! si elles avaient pu se faire entendre.

On est donc amené à constater avec tristesse que nos plus habiles discoureurs politiques, réunis autour du tapis-vert gouvernemental, ont le plus souvent passé à côté de la vérité sans l'apercevoir, et se sont presque inconsciemment engagés dans des voies fatales.

Qu'a-t-il donc manqué, encore une fois, à ces hommes pleins de bonnes intentions pour la plupart, doués admirablement sous bien des rapports, et ayant sous la main tous les moyens d'investigation possible? Il leur a manqué tout simplement ce bon sens naturel, cette appréciation nette de l'état des esprits, enfin, cette finesse primesautière de jugement, que ton sexe possède souvent à un haut degré, surtout, quand arrivée à un certain âge, une femme a vécu au contact d'un monde expérimenté et délicat.

Je me plais donc à croire que la conclusion de ce livre serait en harmonie avec le fond de ta pensée, s'il te prenait envie de feuilleter nos annales officielles depuis 1789; et que tu acquièrerais, comme moi, la conviction que notre instabilité politique, nos luttes intestines, n'ont tenu qu'à une seule chose : c'est que nous n'avons pas su jeter l'ancre dans ce port de salut qu'avaient entrevu nos pères, avant d'être engloutis par la tempête révolutionnaire, et que nous continuons à nous laisser attirer depuis quatre-vingt-dix ans, en politique et en économie sociale, par les mêmes mirages qui les ont perdus.

N'en sommes-nous pas encore à croire, en effet, que ce suffrage universel qui n'a été, dans deux ou trois circonstances exceptionnelles, qu'un heureux expédient, doit être le dernier terme ou la base de toute organisation politique? Ne parle-t-on pas tous les jours, avec sérieux, du gouvernement de tous par tous, c'est-à-dire de l'absence de gouvernement : cette *an-archie* de l'enfant terrible des coulisses démagogiques (1). Il y a donc tout lieu de craindre, qu'il nous faille traverser de nouveau un gâchis politique et social, pour faire enfin ouvrir les yeux à nos générations d'illusionnés et d'affolés.

Ton frère dévoué,

M. GAUSSEN.

(1) Proudhon.

UN SEUL MOT DE PRÉFACE

Au moment où nous allons livrer ces pages à l'impression, le tableau changeant des choses de la politique est loin de présenter le même aspect que lorsqu'elles ont été écrites. Alors, une lutte de la plus grande gravité, paraissait s'engager entre l'esprit de conservation, représenté par des groupes bien divisés cependant sur les questions de gouvernement, et ces tendances ayant pour elles le nombre, et qui, à des degrés divers, caractérisent l'idée démocratique. Tendances légitimées, il faut le dire, par les fautes et la fin malheureuse des différents pouvoirs qui se sont succédés en France depuis plus de deux siècles. Mais, hâtons-nous de le proclamer : cette fois, contrairement à ce qui s'est passé à diverses reprises, la lumière s'est faite en haut ; et si des esprits impatients, ne se rendant pas compte des difficultés de la situation, trouvent qu'elle s'est faite trop tardivement, nous n'en devons pas moins rendre grâce à Celui qui a compris qu'il fallait toujours tenir compte, dans une certaine mesure, des grands courants d'opinion qui se manifestent chez un peuple, avec une puissance d'autant plus irrésistible, qu'ils ont, à certains points de vue, leur raison d'être. Aussi, quelle que soit l'opportunité de défiances bien légitimées, devient-il nécessaire d'accepter loyalement les faits accomplis ; car plus on redoute la puissance destructive de cette vague diluvienne des entraînements populaires, moins il faut chercher à lui opposer des obstacles impuissants.

Acceptons donc sans arrière-pensée, en essayant de les contenir dans des limites raisonnables, toutes les conséquences du régime politique que s'est donné le pays. Efforçons-nous surtout d'éclairer sur leurs véritables intérêts, tant sociaux qu'économiques, ces masses dont les représentants les plus passionnés peuvent avant peu arriver au pouvoir; et sachons comprendre surtout que, plus on en redoute ses engouements, moins on doit chercher à *tricher* avec l'institution redoutable du suffrage universel.

Il ne nous reste donc plus qu'à travailler de bonne foi, chacun dans notre sphère d'activité intellectuelle, à essayer de faire comprendre à ce jeune géant politique les grandes nécessités sociales, c'est-à-dire à l'instruire et à le moraliser.

D'aucuns pensent sans doute que la situation actuelle ne peut être qu'une trêve; eh bien, soit! Néanmoins, agissons comme si la paix était signée; là est le devoir social, car c'est le seul moyen de l'obtenir.

Du reste, nous ne craignons pas de l'affirmer bien haut: jamais, selon nous, les défenseurs de la cause conservatrice, n'ont été plus à même de se faire écouter, s'ils veulent se rallier, sans restriction aucune, aux hommes courageux qui osent prendre en main le pouvoir, dans un de ces moments où il faut savoir résister aux aspirations irréfléchies de ceux qui vous y ont porté.

Ceci dit, il nous semble que les pages qui suivent, considérées comme un simple cri d'alarme, peuvent avoir leur utilité.

UNE PAROLE D'HUMORISTE

PREMIÈRE PARTIE

> L'humanité, dans son ensemble, offre un assemblage d'êtres bas, égoïstes, supérieurs en cela seul aux animaux que leur égoïsme est plus réfléchi.
>
> (RENAN, *Vie de Jésus.*)

O mon beau pays ! tes rives sont baignées par deux mers, ton climat est doux et tempéré, des fleuves superbes arrosent tes fertiles vallées, tu renfermes de magnifiques chaînes de montagnes, de belles et verdoyantes collines, et certaines productions de ton sol sont recherchées du monde entier ; enfin, terre privilégiée ! sous ton ciel envié, races conquérantes et races conquises ne forment plus depuis longtemps qu'un seul peuple. Aussi, tu as enfanté des guerriers dont les noms ont été retentissants, des hommes d'Etat célèbres, et tes savants, tes écrivains, tes orateurs, tes artistes, occupent le premier rang dans le monde des sciences, des lettres et des arts.

Néanmoins, ma belle patrie, il faut oser te le dire : aujourd'hui, vaincue, presqu'humiliée, surveillée d'un œil jaloux par un redoutable adversaire, tu en es encore à trouver un peu de stabilité politique, à craindre même pour ta paix sociale, comme à douter que tu puisses reconquérir un jour ton rang parmi les peuples prospères et avancés en civilisation.

De terribles leçons ne t'ont cependant pas manquées ! Non-seulement tu as vu, après d'effroyables désastres, ta capitale réduite à son dernier morceau de pain, et pour ainsi dire à la discrétion de son vainqueur ; mais elle a subi les horreurs d'une guerre civile, qui lui a coûté plus de sang, qui lui a laissé plus de ruines, que sa défense devant des armées nombreuses et formidablement organisées.

Eh bien ! tous ces malheurs, ô mon pays ! ne sont-ils pas les conséquences plus ou moins directes de tes erreurs politiques, de tes illusions économiques, de tes entraînements irréfléchis? Ne prouvent-ils pas une chose : c'est qu'un peuple qui en est arrivé là, a commis de grandes fautes, est sorti de la voie sage et pratique, et méconnaît surtout les nécessités sociales qui s'imposent aux agglomérations humaines.

Comprendras-tu donc un jour enfin, contrée bénie du ciel sous tant de rapports, que tout cela tient, en définitive, à ce que depuis plus de trois quarts de siècle, tu te passionnes pour des idées irréalisables, pour des chimères, en politique et en économie sociale, à ce point que tu as fini par devenir un sujet d'inquiétudes pour tous les pouvoirs qui représentent les grands peuples du vieux continent. Aussi, les esprits sages et prévoyants ont aujourd'hui le pressentiment qu'un grand danger social te menace, et par le fait de tes aspirations révolutionnaires, anarchiques, menace même l'ancien et le nouveau monde. Cependant, ceux qui en sentent le mieux les approches, hésitent encore à en signaler les véritables causes, tellement les tendances passionnées qui constituent ce danger se sont emparées de l'esprit d'une grande partie de tes populations.

Mais pour qui veut sérieusement méditer sur ton passé, doux pays de France! et aller au fond des choses, comme on dit, il devient évident que toutes tes commotions politiques et sociales, les effrayantes guerres qui en ont été la conséquence, et dans lesquelles toutes les nations de l'Europe ont été entraînées à verser leur sang, à gaspiller leurs trésors, tiennent à ce que nos pères n'ont pas eu la sagesse de laisser s'accomplir dans la paix sociale, une évolution politique et économique devenue nécessaire; et qu'entraînés par des rhéteurs plus ou moins éloquents, avides de popularité, pleins d'illusions, de convoitises, de haines aveugles, ils ont poursuivi avec acharnement deux chimères, deux choses incompatibles avec l'infirmité humaine, ou plutôt avec une constitution politique et sociale bien ordonnée, et en rapport avec nos plus impérieuses tendances. Or, ces chimères après lesquelles les foules courent encore, comme attirées par un mirage décevant, c'est le règne d'une liberté sans frein, qui n'a jamais été que la liberté de mal faire, c'est la recherche d'une égalité brutale, répugnante, et en dehors de tout ce qui fait vibrer le cœur de l'homme, élève ses aspirations.

Quelques-uns vont même plus loin, car ils voudraient, sous le couvert d'une fraternité mensongère, nous imposer une solidarité injuste et contre nature. Ainsi, il y en a qui promettent aux simples un monde économique où la misère n'existera pas, où malgré les luttes fécondes de la concurrence et les nécessités d'une production de plus en plus active et intelligente, ceux qui sont à peine en état de gagner laborieusement leur vie, auront, sans avoir fait preuve d'une prévoyance acharnée, une sorte d'aisance dans leurs vieux jours.

Mieux que cela encore : d'aucuns prétendent constituer un état de choses où le salariat, ce stage sérieux et nécessaire du patronat, dans la généralité des cas, n'aura plus sa raison d'être ; où ceux qui osent, risquent, dirigent, ne seraient plus bientôt, en réalité, que les instruments de ceux qui ne peuvent produire sans être dirigés, et maintenus par les exigences mêmes du travail sous une discipline suffisante. Mais ce n'est pas fini, quelques logiciens impitoyables visent bien à autre chose : ils voudraient nous faire admettre que tout enfant qui vient au monde a des droits à la nourriture du corps et de l'esprit, jusqu'à ce qu'il ait acquis, sans sacrifices de la part du père et de la mère, les moyens de satisfaire aux conditions matérielles de son existence ; ce qui constituerait un état social dans lequel les imprévoyants pourraient ne s'occuper qu'à mettre des enfants au monde, sans avoir la charge de les élever, et l'embarras de les guider dans la voie du travail.

Maintenant, ce que le plus grand nombre des illusionnés et des utopistes espèrent surtout, pour constituer leur monde économique imaginaire, c'est d'arriver à la conquête d'une nouvelle Toison-d'Or. Ils croient, en effet, qu'on peut s'emparer peu à peu de la richesse acquise, et principalement de ce capital qui est entre les mains des intelligents et des prévoyants ; et cela, au profit de ceux qui, voués par le peu de portée de leur intelligence, par leur manque de savoir-faire et de prévoyance, à un travail manuel et journalier, sont incapables de faire fructifier la richesse, et à plus forte raison de l'acquérir. Leurs visées, à ces charmeurs en Economie sociale et politique, seraient, d'une part, de faire supporter aux riches seulement toutes les charges publiques ; puis, au moyen de grèves persistantes, amenant l'élévation constante du salaire et la diminution des heures de travail, à rendre tout profit impossible pour les directeurs d'entreprises. Et ce qu'il y a de plus curieux, c'est qu'ils ne paraissent pas se douter, qu'un tel état de choses amènerait fatalement une augmentation proportionnelle du prix des produits, et que les salariés eux-mêmes, qui sont après tout des consommateurs, en subiraient les fâcheuses conséquences. Du reste, tous les illusionnés en pareille matière, semblent méconnaître, comme à plaisir, la puissance démocratique de la richesse, là où règne l'égalité civile ; et ce qu'ils n'ont surtout jamais compris, c'est la manière dont se constitue et s'accroît cette richesse, fille du travail et de la prévoyance, point de départ et cause directe de tout mouvement civilisateur.

N'est-ce pas, en effet, seulement au moyen de la richesse que peut se développer le progrès matériel et moral des agglomérations humaines, et qu'elles arrivent à se multiplier sur des étendues de sol restreintes, comme à se moraliser de plus en plus ?

Enfin, les hommes qui vivent dans les nuages d'un socialisme envieux et inintelligent, font semblant d'ignorer que notre infirmité morale est telle, qu'en général l'homme ne travaille que contraint par la nécessité ; de même que le plus grand nombre, quoi qu'on fasse, sera toujours relativement au plus petit, plus ou moins ignorant, imprévoyant et intempérant.

Qui ne le sait, du reste, quand l'homme n'est pas dans l'obligation de beaucoup travailler, n'est pas forcé de subir une discipline nécessaire, ne se trouve pas guidé dans son travail par les intelligents et les ordonnés, sa production reste faible, et se borne, dans la généralité des cas, au strict nécessaire ; car il vit alors trop volontiers dans l'insouciance, dans la paresse. Et ceux qui ont une sérieuse expérience des choses de la vie savent bien aussi, que l'être humain est non-seulement peu enclin au labeur, mais sensuel et orgueilleux, et qu'une forte discipline sociale peut seule réfréner ses mauvais instincts. N'est-on pas obligé de convenir, en définitive, que les meilleurs d'entre nous ne travaillent, ne s'ingénient, ne constituent la richesse, n'amassent, qu'autant que cela doit avoir lieu à leur profit ou au profit des leurs? Ce qui fait qu'en réalité trois choses seules peuvent rendre les sociétés prospères : un pouvoir fort, qui leur donne le plus de sécurité sociale et de stabilité politique possible, le respect de la propriété, et une intelligente hiérarchie constituée par les talents et les services rendus.

Enfin, n'est-ce pas, en définitive, le désir de posséder, joint à l'amour de la famille, qui contribue si énergiquement à augmenter le bien-être matériel des générations qui nous suivent, et à élever leur niveau moral? Est-il possible aussi de méconnaître une chose en quelque sorte providentielle : c'est que dans l'organisation économique de nos sociétés modernes, nous ne pouvons, généralement parlant, conquérir le bien-être, nous enrichir, qu'en rendant des services aux autres, en fin de compte à la communauté. De même qu'en réalité, celui qui s'enrichit, s'il veut jouir de ce qu'il a acquis sans le voir s'amoindrir tous les jours, est forcé de l'utiliser au profit de tous, ou si l'on veut, de le confier à ceux qui peuvent le faire fructifier.

Ainsi, non-seulement les riches ou ceux qui font valoir la richesse augmentent la puissance économique d'une société, mais ils sont forcément utiles aux autres, et cela, en dehors même du bien qu'ils peuvent faire autour d'eux. Quant au petit nombre des hommes qui parviennent à la fortune par des moyens peu avouables, il tend évidemment à diminuer tous les jours, sous le contrôle incessant de l'opinion publique, et par le fait même des sévérités de plus en plus investigatrices de la loi. Mais, en fin de compte, le mal qu'ils font est plus moral que matériel, puisqu'ils sont obligés d'utiliser leurs richesses, et que par leurs dépenses mêmes ils augmentent la quantité de travail rétribué à accomplir.

Somme toute, l'étude sérieuse des réalités économiques amènera toujours les esprits sagaces à conclure, que notre organisation sociale actuelle réalise, autant que l'infirmité humaine le permet, cette formule dont certaines intelligences aventureuses ont cherché l'application en dehors du possible et que voici : *à chacun selon sa capacité, à chaque capacité selon ses œuvres.* Or, ceci est la seule et vraie justice distributive que l'homme puisse réaliser sur la terre;

en dehors d'elle, il ne peut plus être question que de charité.

Maintenant, ce qui constitue principalement le danger que nous courons, c'est notre ignorance en matière d'économie politique et sociale ; c'est que nous sommes encore sous le coup d'illusions enfantines, obéissant par cela même, comme malgré nous, à des tendances envieuses, égalitaires, en opposition avec les enseignements du passé. Et ce sont ces tendances, surexcitées par des rhéteurs plus ou moins séduisants, qui ont entraîné si loin, à la fin du siècle dernier, des législateurs inexpérimentés et tremblants, il faut le dire, sous la pression inavouable des violences populaires. Ce sont encore ces tendances qu'ont voulu légitimer depuis des prestidigitateurs en paradoxes politiques et sociaux, et qui nous ont conduit à cetté égalité politique monstrueuse, en opposition avec une constitution sociale où les supériorités légitimes peuvent exercer leur saine influence. Car, avec ce genre d'égalité, il est impossible de constituer une hiérarchie représentant l'élite de ces minorités vraiment intelligentes et expérimentées, qui connaissent l'infirmité humaine, et la faible part qu'il faut faire aux passions, aux illusions et aux préjugés des masses. Ce sont ces minorités, du reste, qui savent seules abandonner avec une sage lenteur les institutions et les traditions du passé ; car ces institutions et ces traditions représentent un état de choses qui a toujours eu sa raison d'être, et l'a souvent encore, en partie du moins.

Osons donc enfin dire, à ce sujet, que les institutions sociales les plus décriées, celles mêmes qui sont aujourd'hui au ban de ce qu'on appelle l'opinion publique, ont non-seulement toutes eu leur raison d'être, mais représentaient aussi un grand progrès sur l'état de choses antérieur. Ainsi, l'esclavage lui-même, contre lequel paraît aujourd'hui se révolter la conscience des peuples les plus avancés en civilisation, a été et est encore sans doute, dans bien des contrées, une institution bienfaisante au véritable point de vue humanitaire. N'est-il pas évident, en effet, qu'à l'époque où l'homme n'était encore qu'un carnassier rusé et sanguinaire, l'institution de l'esclavage a protégé des millions de vies humaines, puisque l'homme avait déjà compris qu'il était plus avantageux de faire un esclave de son prisonnier que de le tuer ou le dévorer. Or, ces millions de vies humaines n'en ont-elles pas procréées des millions d'autres ? Et d'un autre côté, ne tombe-t-il pas sous le sens, que plus tard, certaines races inférieures, possédées en quelque sorte par des races supérieures, ont grandi sous cette tutelle, non-seulement en nombre, mais en intelligence ? Aussi, rien ne prouve encore que de nos jours, l'émancipation d'une race trop inférieure soit toujours un bienfait.

Sans doute, pour les gens à courte vue cela paraît

être, et l'on a brodé sur le thème de l'esclavage, en particulier, des romans à sensation et prétendus historiques. Du reste, que n'a-t-on pas dit, et ne dit-on pas tous les jours, au sujet du servage, et surtout du salariat qualifié, comme le premier, d'exploitation de l'homme par l'homme. Et cependant, pour un esprit froid et positif, qui n'est pas dominé par les illusions philosophiques et les paradoxes sentimentaux des lettrés du dix-huitième siècle, il s'agit simplement de savoir si, dans certaines conditions sociales s'imposant impérieusement à l'humanité, les masses jouissent de tout le bien-être et se multiplient autant que leur état moral le comporte. Là est la vraie question, qu'on ne s'y trompe pas.

De même, lorsqu'on étudie sans parti pris les annales de l'humanité, on reste bien vite convaincu que le servage, par exemple, s'est constitué tout naturellement aux époques d'anarchie, quand l'homme ne pouvait trouver un peu de sécurité sociale que sous la protection des forts et des puissants. Et après tout, le servage ne devait-il pas servir de transition nécessaire entre l'esclavage et la liberté individuelle, la liberté du travail? Et cette liberté du travail, qui implique forcément le salariat, n'a-t-elle pas été regardée comme un grand progrès sur l'état de choses antérieures. Seulement, toute liberté porte si bien en elle son péché originel, ses tendances abusives, anarchiques, que cette dernière liberté aura longtemps besoin, comme les autres, d'être réglementée, c'est-à-dire renfermée dans de justes limites. Qui oserait soutenir en effet, aujourd'hui, que par suite du développement de la grande industrie, des luttes ardentes de la concurrence, des fluctuations de plus en plus grandes de l'offre et de la demande, la liberté du travail n'a pas été la cause directe de navrantes misères, et d'abus aussi révoltants, aussi nombreux, que ceux qui ont précédé, chez les peuples modernes, l'émancipation des esclaves? N'est-on pas aussi forcé de convenir qu'elle a enfanté d'anarchiques aspirations, fait naître des conflits, des luttes insensées et destructives!

N'oublions donc jamais, à ce propos, que l'homme est encore si loin d'une certaine perfection morale, qu'il abusera longtemps de toutes les libertés au profit de son intérêt et de ses passions.

Mais il faut s'y résigner, les grands mots de liberté, d'égalité, qui, dans la pratique et en dehors d'une certaine mesure, ne représentent plus que de mauvaises choses, passionneront toujours les illusionnés et les rêveurs, et serviront longtemps de prétextes aux indisciplinés et aux envieux. Aussi, tant que la liberté ne sera pas étroitement en rapport avec l'infirmité humaine, elle deviendra, quoi qu'on fasse, la liberté de mal faire ; et la recherche de l'égalité servira toujours de masque à l'envie. Sous son niveau inintelligent toute supériorité sociale ne pourra jamais conquérir sa situation légitime, à moins de se soumettre aux caprices et aux exigences des plus passionnés et des plus ignorants. Or, un état de choses semblable ne permet pas d'utiliser, dans des situations dignes d'eux, tous les hommes qui constituent la puissance morale d'un grand pays, ou concourent le plus à sa prospérité matérielle. Aussi voyons-nous aujourd'hui, chez la plupart des peuples avancés en civilisation, c'est-à-dire chez eux où il y a le plus d'esprit de discipline, de respect des traditions, de vertus publiques, chez eux qui n'en sont pas à adorer avant tout le veau d'or, comme dans certaine démocratie trop vantée ; voyons-nous respecter et utiliser, dans l'intérêt social, des aristocraties légitimées par le temps ou la supériorité d'intelligence ; aristocraties qui se recrutent continuellement parmi les hommes que des services rendus, des talents marquants, des richesses honnêtement acquises, noblement employées, en un mot, l'importance de leur situation sociale met le plus en évidence. C'est à ces hommes, principalement, que les sociétés dont nous parlons, confient avec raison leur direction morale, politique et économique. Et cependant, quoi de plus contraire à ce sentiment si prononcé d'égalité inintelligente et envieuse, véritable cause de l'anarchie révolutionnaire qui a suivi 89.

Du reste, l'égalité des rangs, des conditions, a-t-elle jamais été possible ? N'est-elle pas en contradiction avec les tendances les plus impérieuses du cœur humain ? Et surtout avec ce légitime orgueil qui est une des conditions de l'élévation morale de l'espèce.

Eh quoi ! vous ne voudriez plus voir de lignes de démarcation entre les uns et les autres, et bouleversant l'ordre naturel des choses, tout confondre dans une espèce de promiscuité morale et matérielle ? Vous en arriveriez peut-être à vouloir faire vivre de la même vie, par exemple, ces pures et naïves croyantes, qui cachent sous des vêtements de bure, avec un soin jaloux, tout ce qui peut attirer sur leur chaste personne un regard charnel ; de même, que ces délicates et frêles jeunes femmes, ces sensitives d'un monde distingué, que l'idéalité éloigne des entraînements purement sensuels ; vous en arriveriez peut-être à les confondre, à les mettre au même rang que ces créatures avilies, livrées à tout jamais au dévergondage d'une chair surexitée, et vivant dans la plus crapuleuse débauche ! Aussi, en êtes-vous à considérer comme ayant les mêmes droits à la direction d'une société, l'homme qui en dehors d'un travail purement matériel, dont il est seulement capable, ne pense qu'à satisfaire ses grossiers appétits, et celui qui par ses lumières, ses talents, son expérience, a su se faire admirer et respecter de tous.

Mais où en êtes-vous donc, pour ne pas sentir qu'entre ces différentes couches sociales, pour parler le langage du jour, il n'y a rien de commun possible à certains points vue. Et ne peut-on pas même dire, sans aller trop loin, à tous les sectaires d'une brutale égalité : Descendez dans vos consciences, et dites-nous si dans bien des cas, malgré le respect que l'on doit avoir pour l'égalité devant la loi, qui est comme la charte judiciaire des peuples avancés en civilisation, vous n'avez pas vous-même un certain effort à faire pour appliquer aux uns comme aux autres les mêmes règles de justice, et surtout pour employer les mêmes formes avec tous les coupables? Et, qui n'en conviendra pas? N'y a-t-il pas forcément, à ce sujet, des distinctions de toute nature à faire? Ainsi, par exemple, chez ceux qui occupent un certain rang dans la société, l'acte délictueux est le plus souvent entaché de moins de brutalité et de sauvagerie, et il y a presque toujours au fond de l'âme du pécheur une source de moralité qui n'est que momentanément tarie. Aussi, peut-on dans beaucoup de cas réveiller en eux le sentiment de l'honneur et du devoir social. Au lieu que chez les autres, généralement, rien de ce qui peut amener le repentir ne vibre plus, ou n'a jamais vibré, et ce ne sont, en définitive, que des bêtes fauves, en lutte ouverte contre la société. C'est ce qui fait que, sans avoir deux poids et deux mesures, tout, dans le monde moral, nous porte à repousser un niveau inintelligent et brutal, en dehors de la constitution naturelle des choses, et conséquemment de la véritable justice distributive.

Evidemment nous le savons à l'avance, ces considérations ne peuvent avoir aucune valeur pour ceux qui subissent les entraînements démocratiques, et sont pour la plupart en lutte déclarée contre l'organisation actuelle des sociétés. Ce ne sera donc probablement qu'à la suite d'un grand danger social couru, que nous finirons par comprendre que l'inégalité des conditions, la constitution des classes supérieures est une des nécessités du développement de la civilisation. N'est-ce pas, encore une fois, grâce à l'organisation toute naturelle des aristocraties que le niveau moral de notre espèce s'est élevé ? Les satisfactions légitimes de l'orgueil humain n'ont-elles pas toujours été un stimulant pour tous ? Qui peut le nier ? Ce qu'on a appelé la démocratie n'est-il pas constitué en grande partie par des masses ignorantes et envieuses, n'obéissant dans la plupart des cas qu'à des sentiments irréfléchis. Et ne doit-on pas craindre que le jour où ces masses auront la direction morale et politique des sociétés, elles n'abaissent tout à leur niveau. Ne sait-on pas assez, du reste, que cette passion pour l'égalité, en dehors de ce qui concerne les droits civils, n'est au fond que la révolte de l'orgueil impuissant, de la médiocrité haineuse, contre toute supériorité sociale. De même que les tendances instinctives de l'homme ignorant, que l'on peut avec raison qualifier de *radicales,* parce qu'elles dépassent la juste mesure, sont de croire que la vraie justice distributive, c'est l'égalité des conditions, des rangs, des salaires, etc. ; aussi les logiciens de la dernière heure, poussant les choses dans leurs dernières conséquences, vont jusqu'à rêver l'égalité des jouissances et le partage des produits en raison des besoins.

Toutes ces choses, du reste, n'ont-elles pas été prêchées sur tous les tons, et ne le sont-elles pas encore tous les jours plus ou moins ouvertement? N'avons-nous pas vu naguère un homme — intelligence d'élite dévoyée — escalader les tréteaux de la popularité, en jetant à la face d'une société chrétienne basée sur le principe primordial, éternel de la propriété, des affirmations monstrueuses comme celle-ci : *Dieu n'existe pas! la propriété c'est le vol!* Et, bien menaçants symptômes pour les esprits clairvoyants, cet homme, qui était le paradoxe incarné, a été porté par acclamation dans cette enceinte où se font les lois, où se discutent les intérêts moraux et matériels d'un grand pays. Aussi, aurait-il pu contempler de nouveau, s'il eût vécu, la prétendue capitale du monde civilisé en proie aux *sublimes horreurs* de la guerre civile, selon une de ses expressions !

Ouvrirez-vous donc enfin les yeux, bonnes gens qui ne demandez qu'à travailler paisiblement, qu'à gagner laborieusement votre vie, qu'à amasser par des tours de force de prévoyance de quoi ne pas manquer de pain et d'abri dans vos vieux jours? Comprendrez-vous enfin combien est grand le danger social qui nous menace, et jusqu'où peuvent nous conduire ces *affolements* de liberté, d'égalité, qui font délirer nos jeunes générations depuis 89, et sous l'empire desquels nous n'avons encore rien pu constituer de durable. Affolements qui aboutissent toujours fatalement à l'anarchie dans les idées, aux luttes fratricides, à l'absence de toute stabilité politique; on pourrait même dire, de toute sécurité sociale. Enfin, en définitive, à un état de choses tel, que les bons tremblent et les méchants lèvent bien haut la tête.

Il ne faut donc pas craindre d'aller au fond des choses, et de répéter à satiété que la liberté et l'égalité, comme les comprend le plus grand nombre, n'ont été dans tous les temps, la première, que la liberté de mal faire, et la seconde, l'expression d'un sentiment toujours envieux et irréfléchi.

La liberté! mais ne sait-on pas que dans l'adolescence comme dans la vieillesse, en haut comme en bas de l'échelle sociale, — et cela à de bien rares exceptions près, — celui qui serait réellement libre, n'ayant surtout à redouter qu'une répression hésitante, appliquée par des pouvoirs instables, ferait le plus souvent le mal, c'est-à-dire des choses qui tendent à troubler l'harmonie sociale. Peut-on aussi nier de bonne foi, par exemple, que la liberté de tout dire, de tout prêcher, ne soit en réalité la liberté de médire, de calomnier, de tout contester, de tout remettre perpétuellement en question, hommes et choses! Ainsi quel est aujourd'hui l'esprit sagace, expérimenté, qui n'est pas convaincu que la liberté illimitée de la presse, en particulier, aboutirait bien vite de nos jours à la domination morale d'un petit nombre de lettrés outrecuidants, et de politiciens se faisant un jeu d'abaisser ou d'élever à leur profit tous ceux qui occupent ou qui ambitionnent un emploi public. Il est donc impérieusement nécessaire qu'une liberté quelconque, si on veut en prévenir les abus, soit contenue dans des limites restreintes, et que sur le terrain politique surtout, ses manifestations soient passées au crible d'une légalité défiante et sévère.

Quant à l'égalité politique, funeste conséquence de libertés intempestives accordées sous la pression des entraînements démagogiques, où est aujourd'hui l'homme un peu clairvoyant qui ne sente qu'elle nous conduira fatalement, par des compromis inévitables, à une promiscuité morale déplorable entre celui qui a brigué des suffrages et ceux auxquels il doit sa situation ; et par suite à l'affaiblissement du pouvoir, au manque d'énergie de la répression, puis, finalement, à la lutte sans trève ni merci des appétits matériels et des passions les moins avouables. Enfin, toutes les libertés, en dehors d'un contrôle sévère, sont des choses si redoutables, que la liberté économique même, la liberté du travail dont il a été déjà question, et qui est regardée comme une des plus légitimes libertés, nous a conduit par la force des choses à un antagonisme menaçant. N'a-t-elle pas enfanté, en effet, par suite de l'infirmité humaine, de notre répugnance instinctive pour le travail discipliné, comme par le fait de l'imprévoyance et de l'intempérance de l'homme, des misères sans nom, et dans beaucoup de cas des abus effrayants ; telle, par exemple, que l'exploitation effrenée de l'enfance par des maîtres peu scrupuleux, ou par des parents sans moralité et sans entrailles? Aussi, devant le cri d'une opinion publique surexcitée par la divulgation de choses monstreuses, s'est-on trouvé dans l'obligation de la réglementer. Mais quoi qu'on fasse encore dans ce sens, les conséquences de cette liberté n'en restent pas moins un danger pour la paix sociale.

Il ne faut donc jamais se lasser de le dire : toutes ces prétendues aspirations vers la liberté comme vers ce qu'on appelle l'égalité, en dehors, bien entendu, de la liberté nécessaire au contrôle et de l'égalité devant la loi, ne sont, dans la généralité des cas, que l'expression de la révolte des mauvais instincts contre la règle, la répression légale ; en un mot, contre les freins moraux et matériels institués pour contenir plus ou moins nos passions envieuses, nos entraînements instinctifs les plus dangereux ; enfin contre tout ce qui sert à maintenir la paix et l'harmonie sociale. Sans doute, ces aspirations sont revêtues quelquefois d'une forme séduisante, et paraissent même légitimées par certains abus inhérents à toutes les choses de ce monde ; mais elles n'en sont pas moins en opposition avec ce qui a constitué dans tous les temps, la stabilité sociale et les bases patriarcales nécessaires à la constitution de la famille. Ces aspirations sont de plus destructives de l'idée religieuse, qui seule a été assez puissante pour faire sortir l'homme de la barbarie, comme elle protége encore une grande partie des agglomérations humaines contre l'esprit de négation et la prédominance des appétits matériels et brutaux.

Néanmoins, voyez où nous en sommes déjà arrivés : le jeune homme est émancipé de bonne heure ; à peine sorti des bancs de l'école, il devient son maître, en quelque sorte, puisqu'il peut secouer, quand cela lui convient, le joug de l'autorité paternelle. Il a sa part de souveraineté politique, et le plus souvent, s'il bafoue les croyances des siens, il est regardé comme un esprit fort. De plus, nos lois, empreintes de la manie égalitaire, sont ainsi faites, qu'il sait d'avance ce qui lui revient du produit de la prévoyance paternelle et maternelle ; aussi dans bien des cas, hélas ! il a hâte d'en jouir.

A-t-il une teinture des sciences, il se complaît à nier tout ce qui n'est pas tangible, palpable. Et cependant, contradiction étrange ! ses maîtres même en sciences prétendues positives, sont obligés de lui apprendre qu'il y a des fluides puissants et impondérables, inhérents à la matière, disent-ils, puisqu'ils sont obligés d'en constater les prodigieux effets. Ne dirait-on pas vraiment que les manifestations de l'âme ne sont pas visibles aussi, et que la volonté peut naître d'une opération de laboratoire ? Or, ne serait-il pas plus simple, et de bonne logique, d'attribuer à une cause surnaturelle ce qui se joue de nos plus puissants instruments, comme de la compréhension humaine.

Allez, grands maîtres ès-sciences ! Vous vous croyez la vue bien perçante, parce que vous regardez les produits de la vie avec une loupe, vous êtes tout simplement des myopes ! Et ce qu'il y a de plus malheureux, c'est que l'étude rétrécie du monde matériel vous fait souvent méconnaître les nécessités du monde moral. Ainsi vous arrivez à nier la vertu moralisatrice de la prière, comme si avec nos passions vaniteuses, égoïstes, nous n'avions pas besoin de croire à quelque chose en dehors de ce qui est périssable, et de reconnaître une perfection idéale. N'est-il pas, en effet, beau et touchant à la fois, ce monde chrétien qui s'humilie depuis plus de dix-huit siècles devant l'image de Celui qui fut tout esprit, tout abnégation, tout charité !

Les véritables crédules, osons le dire, ne sont pas ceux qui fléchissent les genoux dans les temples, qui viennent s'y imprégner en quelque sorte d'idéalisme ; ce sont plutôt ceux qui, quoique vaniteux et égoïstes, paraissent prendre au sérieux la prétendue mission sociale d'hommes comme eux pleins d'orgueil et de convoitises ! Hypocrites prêcheurs d'égalité et de fraternité, ces hommes se font humbles et dévoués en apparence pour mieux capter les suffrages des foules, et n'ont au fond du cœur, dans beaucoup de cas, que d'orgueilleuses visées. Quel est donc celui qui ignore aujourd'hui qu'on ne se fait humble, généralement parlant, dans l'arène politique surtout, que pour mieux s'élever sans éveiller de basses jalousies ; et qu'en dehors de la croyance et de l'amour de la famille, les actions humaines ne peuvent avoir pour mobile que l'intérêt personnel ou la vanité. *L'humanité dans son ensemble*, a dit un penseur moderne, *offre un assemblage d'êtres bas, égoïstes, supérieurs en cela seul à l'animal que leur égoïsme est plus réfléchi* (1).

L'homme ne s'est discipliné que sous la terreur religieuse et la crainte du pouvoir, il n'a travaillé que contraint et forcé, a écrit le maître en négation ; celui (2) dont il a déjà été question et qui, élevé un moment sur le pavois démagogique, avait trop d'indépendance dans l'esprit pour y rester.

Du reste, les hommes qui recherchent la popularité savent si bien tout cela que, lorsqu'ils n'ont pas besoin les uns des autres pour assurer leur triomphe, ils se traitent volontiers de traîtres et de courtisans du peuple. Aussi pour tout esprit clairvoyant, ce qu'il y a d'orgueilleuses visées, d'hypocrites réticences, dans certains tribuns ayant la prétention de représenter les aspirations des masses, et paraissant ne s'occuper que des intérêts matériels et moraux du plus grand nombre, est hors de toute expression. Néanmoins, on serait tenté de croire que les foules

(1) Renan.
(2) Proudhon.

ont une foi entière dans le désintéressement et la vertu de ceux qui représentent leurs passions et leurs illusions ; non, en général, mais il y a au fond de tout cela, de leur part aussi, un calcul instinctif et machiavélique à la fois, c'est-à-dire plus réfléchi et plus adroit qu'on ne pense. Le plus grand nombre, ceux que l'on désigne ordinairement sous cette qualification : *le peuple,* sentent très-bien qu'ils ont un intérêt immense à augmenter la puissance d'action et à grandir les représentants de leurs idées, tant qu'ils en ont besoin ; mais aussitôt que ces derniers veulent s'arrêter, reculer devant de trop radicales conséquences, ils les calomnient et les abandonnent. *La démocratie c'est l'envie !* a dit encore l'enfant terrible du socialisme. Et il a même ajouté : *Le pire de tous les parasites, c'est le parasite révolutionnaire.*

On sait bien du reste, que ceux qui forment les rangs pressés de cette armée bigarée, et aux mille drapeaux, demandant sans cesse des libertés politiques pour mieux donner l'assaut aux pouvoirs établis, font comme certains sauvages : ils brisent leurs idoles ou jettent au feu leurs dieux de bois quand ces dieux ne paraissent vouloir satisfaire leurs caprices. Puis il ne faut pas l'oublier, la comédie démocratique est peut-être celle que les acteurs politiques jouent le mieux ; et c'est non-seulement parce qu'ils sont sous le coup de certaines illusions, mais c'est aussi parce qu'elle est très-encourageante à jouer, car ceux qui espèrent qu'elle leur profitera sont toujours disposés à l'applaudir.

Démocratie ! Envie ! plante vivace qui envahit de plus en plus le champ humanitaire, dans cette partie de la terre si avancée, dit-on, en civilisation, tu as pour symbole le triangle et le niveau : n'est-ce pas comme un défi jeté à la constitution même du monde moral ? Aussi, répétons-le, l'égalité est tellement une chose contre nature, que là où il y a trois hommes réunis dans un but déterminé, ils se donnent instinctivement un chef, et lorsqu'il n'y en a que deux, l'un conduit toujours l'autre. Dans la tribu primitive même, l'égalité est inconnue, c'est au contraire une inégalité féroce qui domine : les aristocrates sont les plus audacieux et les plus forts. Enfin, l'homme qui vit en famille, plus ou moins en dehors de ses semblables, ne sent-il pas la nécessité d'être à la fois le directeur et le juge de la communauté ! La règle naturelle est donc on peut dire celle-ci : autant de groupes, autant de chefs ; et plus le groupe est nombreux, plus le chef doit être puissant et respecté. Puis à défaut d'un chef dirigeant, le groupe a besoin d'être représenté par les plus intelligents, les plus capables, les plus intéressés à l'ordre, c'est-à-dire par le petit nombre.

Voyez ce qui se passe dans les contrées les plus peuplées de la terre, dans celles où de temps immémorial les générations se succèdent nombreuses, et ont toujours vécu et vivent encore sous l'empire de lois ou de coutumes respectées; lois et coutumes en harmonie avec les principes primordiaux qui ont servi de bases à toutes les civilisations. Là, vous trouverez toujours une forte hiérarchie, et au sommet de cette hiérarchie, un chef qui représente à la fois le pouvoir social et le pouvoir religieux. Là, le père de famille est tout, l'âge, c'est-à-dire l'expérience, passe avant toute science; on s'incline avec respect devant les cendres des ancêtres, et on vit sous l'empire de traditions qui se perdent dans la nuit des temps.

Evidemment nous ne pouvons comprendre ces choses, nous, les disciples affolés d'une pléïade de rétheurs séduisants, de sceptiques vaniteux, qui méconnaissant l'infirmité humaine et les nécessités sociales, n'ont pas craint de saper, comme au hasard, les bases d'une organisation politique et économique qui était l'œuvre des siècles, et dont il fallait simplement modifier certaines parties.

Ils ont cru évidemment, pour la plupart, et dans un moment de vertige, qu'il en était des choses morales comme des choses matérielles, et que pour réédifier plus à l'aise, il fallait tout renverser. Mais aveuglés par la poussière des ruines qu'ils entassaient les unes sur les autres comme à plaisir, ils n'ont pas vu qu'en bouleversant les dernières assises du vieil édifice, ils condamnaient plusieurs générations à vivre sans son abri protecteur, et à supporter tout le déchaînement des tempêtes, que les passions et les compétitions humaines soulèvent sans trève ni merci dans le monde instable des idées.

Et ce dont nos pères, entraînés par des aspirations irréfléchies et décevantes, ne se doutaient pas, c'est que le désordre moral, enfanté par les conséquences d'une liberté sans frein, ferait naître une foule de prestidigitateurs en négation, qui iraient même jusqu'à nier la raison d'être de tout ce que l'esprit humain avait appris à respecter, en affirmant qu'il suffisait de proclamer cette prétentieuse et hypocrite formule : *Liberté, Egalité, Fraternité,* pour constituer non-seulement une société paisible et prospère, mais pour assurer à tous le règne de la véritable justice distributive. Or, c'est encore aujourd'hui à cette formule mensongère, irréalisable, qui n'a pu être inspirée que par l'esprit d'anarchie, d'envie et d'hypocrisie, que l'on demande en vain des miracles. Comme si, encore une fois, sans un pouvoir stable et fortement constitué protégeant les laborieux et les prévoyants, sans la nécessité où se trouve le plus grand nombre de vivre sous la discipline d'un travail producteur, sans la direction donnée à ce travail par les plus intelligents et les plus habiles, une agglomération humaine pouvait vivre en paix, prospérer et acquérir de la richesse.

Mais ceux qui parlent le plus de *liberté*, de *fraternité*, d'*égalité,* ont leurs visées, qu'on le croie bien ; car ce n'est que sous le régime démocratique poussé dans ces dernières limites, que les charmeurs en politique et en économie sociale, peuvent se livrer à tous les écarts d'une prédication insensée ; caresser des aspirations aussi envieuses qu'enfantines, et faire croire aux illusionnés et aux ignorants, que les hommes n'ont, en général, que des tendances généreuses, et peuvent conséquemment se passer de ces freins moraux et matériels, de ces lisières sociales, si on peut s'exprimer ainsi, que les intelligences d'élite ont reconnu dans tous les temps, comme pouvant seules s'opposer aux tristes conséquences de l'infirmité humaine.

Ce que les prestidigitateurs en démocratie voudraient surtout nous faire croire, c'est qu'ils ne sont pas pétris du même limon que le commun des martyrs, et n'ont d'autres aspirations que celles de faire le bien. Majestueux augures, pouvez-vous vous regarder sans rire, quand vous êtes seuls ! Et au fond, croyez-vous vraiment que sans un pouvoir fortement constitué se perpétuant sans secousse, sans une hiérarchie respectée qui puisse contenir les instincts envieux et anarchiques des foules, sans des lois sévères appuyées sur une force répressive suffisante, on puisse arriver à faire régner l'ordre, la sécurité sociale, même chez la plupart des peuples les plus avancés en civilisation ?

Il faudrait vraiment avoir oublié tout ce qui s'est passé, notamment chez nous depuis la fin du dernier siècle pour croire à ces choses, surtout depuis que nous avons la liberté de tout dire et de tout écrire ;

ce qui implique tout naturellement la facilité de tout remettre en question, de tout dénigrer, finalement de tout renverser. Et cela, sous le prétexte d'arriver à ce que les institutions et les hommes satisfassent un prétendu besoin d'idéal, visant à une perfection imaginaire. Ce qu'il y a de plus singulier dans tout ceci, c'est que ceux qui rêvent l'avènement d'un monde semblable, sont le plus souvent ce qu'il y a de plus imparfait. Dans tous les cas, avec ces magnifiques aspirations, ces belles formules, il n'en est pas moins certain que depuis bientôt près d'un siècle, nous n'avons réussi à rien constituer de stable en politique et en économie sociale, et que nous en sommes encore à être profondément divisés sur toutes les grandes questions qui intéressent le plus l'existence d'un peuple, principalement sur celles qui touchent aux conditions de travail et au bien-être matériel du plus grand nombre.

Une grande faute, il est vrai, a été commise par tous les gouvernements qui se sont succédés en France depuis l'établissement de la monarchie pondérée ; ça été de ne pas comprendre qu'en somme, l'idée révolutionnaire masquait simplement les questions dites sociales, et qu'avant tout, il fallait se préoccuper de ces questions. Ne pas craindre surtout d'aller au fond des choses, de discuter au grand jour tous ces prétendus problèmes économiques, auxquels l'infirmité humaine ne permet, en définitive, d'avoir d'autre solution que cette liberté du travail qui est encore trop souvent la liberté de mal faire, et n'est pas toujours en harmonie avec le dogme chrétien. Dans tous les cas, il fallait répandre à flots par la parole et au moyen d'une presse à la portée de tous, les saines notions d'économie politique et sociale, créer même au besoin, et dans ce but, un organe gouvernemental spécial, mis entre les mains de tous ceux qui ont des droits politiques. Une faible partie de tant de trésors gaspillés mal à propos n'aurait-elle pas pu être employée à cela?

Ce qu'il ne fallait pas craindre aussi, à une certaine époque, c'était de laisser s'élargir peu à peu ces droits politiques, dont jouit aujourd'hui le dernier des incapables, des ignorants et des déclassés ; car, à un moment donné, le bon sens public aurait indiqué lui-même la limite qu'on ne devait pas franchir. Ce dont on aurait dû encore s'occuper très-sérieusement, c'était de constituer de grands centres d'émigration, et de les doter d'avantages tels, que les caractères aventureux eussent toujours été disposés à y porter leur inquiète activité.

Il y a bien longtemps aussi que notre instruction primaire devrait comprendre un résumé des vérités économiques et sociales mises à la portée des enfants, et que ces enfants apprendraient par cœur, comme les petits Chinois apprennent les préceptes de morale de Confucius. Est-ce qu'on devrait rencontrer encore aujourd'hui des illusionnés ou des sectaires osant dire à haute voix, par exemple, *que les riches deviennent de plus en plus riches, et les pauvres de plus en plus pauvres ;* comme si la chose était possible sous le régime de la liberté du travail, et comme s'il n'était pas démontré, depuis longtemps, que *plus il y a de riches, moins il y a de pauvres.* N'entend-on pas dire aussi tous les jours que *le capital opprime le travail* et autres balivernes économiques semblables, qui troublent les faibles intelligences, et font naître l'envie et la haine dans le cœur de ceux qu'on appelle les déshérités ; lesquels mourraient probablement de faim, dans la plupart des cas, sans les richesses acquises par les intelligents, les laborieux et les prévoyants ; c'est-à-dire sans les ressources immenses d'une charité attentive et dévouée.

Il n'en reste pas moins certain que sous l'empire des billevesées socialistes dont il vient d'être question, l'harmonie sociale ne règne plus depuis longtemps chez nous, principalement entre ceux qui dirigent et ceux qui sont dirigés, et que d'envieuses aspirations envahissent de plus en plus nos ateliers de travail. Et la vérité *vraie*, il faut oser l'écrire, c'est que sans tes canons et tes chassepots disciplinés, ô mon pauvre pays ! il y a longtemps que sous les fiévreux efforts des passions révolutionnaires et des illusions socialistes, surexcités par certains appétits inassouvis et inavouables, on aurait lapidé tes gendarmes et fait un feu de joie de tous les exemplaires de ton code criminel.

Mais le fait seul d'avoir usé pour ainsi dire tant

de gouvernements, d'avoir vu se succéder si rapidement au pouvoir tant d'hommes d'Etat, n'est-il pas caractéristique ? Ne prouve-t-il pas surabondamment que toutes les libertés sans freins suffisants, sans contrôle énergique, inaugurées à la suite de nos périodes révolutionnaires, par des ambitieux, des illuminés, et sous la pression du nombre, c'est-à-dire des exaltés, des déclassés, des ignorants, sans parler de ceux qui vivent du mal ; ce fait seul ne prouve-t-il pas que toutes ces libertés n'ont été que la liberté de mal faire, et que les prétendues aspirations égalitaires ont servi le plus souvent de masque à des convoitises dissimulées.

Quel est l'homme, du reste, ayant un peu l'expérience du monde moral, qui n'a pas compris depuis longtemps ces choses, et que l'abus des libertés doit nous conduire fatalement à la négation de l'idée spiritualiste et à l'antagonisme social ? Et cela est d'autant plus inévitable, que les libertés qui semblent les plus inoffensives à première vue ont souvent encore des conséquences bien regrettables. Ainsi, la plus douce, la plus naturelle, on pourrait dire en quelque sorte la plus indiscutable entre toutes, la liberté de conscience, celle qui personnifie la tolérance en matière de croyances de dogmes religieux, ne semble-t-elle pas nous conduire par la force des choses à un matérialisme soi-disant scientifique, qui, interprété par les instincts grossiers des masses, peut nous ramener à la domination des instincts brutaux, à quelque chose de semblable aux mœurs de la tribu primitive. Car peut-on vraiment espérer, avec de simples aphorismes moraux, n'ayant aucune base religieuse, dominer les entraînements égoïstes et sensuels de l'homme? *Il paraît bien prouvé qu'il n'y a rien en haut,* diront-ils, *jouissons donc, chacun selon nos moyens d'action et nos désirs, de ce qui est en bas. C'est de droit naturel, le plus légitime de tous les droits.*

Le plus grand des législateurs, celui qui nous a légué le Décalogue, aurait-il eu la même force d'action, s'il n'avait été regardé comme inspiré par une puissance supérieure, vis-à-vis de laquelle toute résistance humaine était inutile? D'ailleurs, encore une fois, l'histoire de tous les temps et de tous les peuples n'est-elle pas là pour attester que les mauvais instincts de l'homme ne peuvent être réfrénés que sous la puissante influence de la croyance?

Enfin, si l'on veut se rendre compte, en réalité, des fins où peuvent nous faire arriver toutes ces libertés qualifiées plus ou moins emphatiquement de *saintes,* de *sacrées,* prêchées et défendues avec tant d'acharnement par une foule de rhéteurs et d'acteurs politiques, lesquels n'ont été la plupart du temps que les porte-voix de ceux qui les acclament sous bénéfice d'inventaire; il n'y a qu'à voir ce que dans le domaine politique une seule de ces libertés, en apparence la plus inoffensive, devient en pratique, même sous un régime où la loi est faite par les représentants de tous, et où rien de sérieux ne peut entraver la libre expression de l'opinion publique. Nous voulons parler ici de la liberté de formuler des vœux, et de les soumettre aux représentants du pays. Eh bien! cette liberté! le droit de pétition, ne l'avons-nous pas vu devenir de nos jours l'occasion d'attentats politiques inexcusables, tel que l'envahissement de l'enceinte où siége les élus du pays? Et que n'ont pas fait, dans ces journées lamentables, ceux qui devraient comprendre le mieux les conséquences de leurs actes? Non-seulement ils ont violé le sanctuaire de la représentation nationale, mais ils ont insulté, quand ils n'ont pas été plus loin, et dispersé brutalement dans l'exercice régulier de leur mandat, les hommes chargés de nous donner des lois.

En présence de ces faits monstrueux, se produisant périodiquement chez un peuple qui se croit le plus avancé en civilisation, comment peut-on admettre que des libertés sans correctifs suffisants puissent servir de base à une constitution politique viable? Et puis, n'est-ce pas aussi la force même des choses, l'infirmité humaine, qui veut que pour être contenues dans des limites acceptables, les libertés nécessaires au développement matériel et moral des peuples, aient pour contre-poids un pouvoir fort et respecté, et la constitution d'une aristocratie ayant tout naturellement comme point de départ, les services rendus, le savoir, les grandes positions honorablement acquises. Or, raisonnablement parlant, tout cela peut-il rester à la merci du caprice changeant des foules, représentées, en général, par les hommes qui font de la politique un métier, et dont le savoir-faire consiste surtout à se mettre à la remorque des illusions et des entraînements du plus grand nombre.

Il faudrait vraiment déchirer d'un seul coup les pages les plus récentes de l'histoire, pour prétendre que l'homme en a fini avec les tendances envieuses et anarchiques? Car, encore une fois, l'étude du passé ne nous prouve-t-elle pas clairement que ce sont, en définitive, les institutions monarchiques et religieuses qui ont fait sortir l'être humain de la barbarie? N'est-ce pas la constitution d'un pouvoir puissant et incontesté, la croyance au surnaturel qui ont fait des tribus primitives en lutte constante avec leurs besoins grossiers, de grandes nations prospères et jouissant des bienfaits de l'ordre et de la sécurité sociale? N'est-il donc pas rationnel de craindre qu'une fois ces institutions disparues, les abus d'une liberté sans frein avivant de plus en plus les luttes envenimées de la plume et de la parole, ne nous mènent finalement à l'anarchie sociale par la perpétuelle remise en question de tout ce qui fait qu'une société tient debout? N'est-il pas à redouter, en effet, que les compétitions au sujet du pouvoir, le choc des systèmes, l'antagonisme des intérêts, ne fassent naître des conflits acharnés dans ces grandes fourmillières humaines où fermentent tant de passions envieuses et inassouvies? Ensuite, qu'un pouvoir social sans force de répression, ne donnant plus à tous la sécurité nécessaire, laisse tarir les sources de la richesse publique. C'est alors que l'on verrait les ambitieux de bas étage s'imposer en quelque sorte au nom du nombre, et les intelligents et les prévoyants fuir un pays sans stabilité politique, sans ordre public assuré, où ne tarderait pas à régner une anarchique dictature.

Nous sommes donc conduit à le répéter encore : par le fait de l'infirmité humaine, la liberté sans correctifs sérieux est une si mauvaise chose, que là même où elle se présente sous les dehors les plus acceptables, elle a encore trop souvent de bien tristes conséquences.

Ne cessons donc pas de le dire : aveugle qui n'a pas compris que les grandes agglomérations d'hommes ne se sont constituées, que l'être humain ne s'est discipliné qu'en perdant toute sa liberté primitive d'action. Car, pour la dernière fois, n'est-ce pas le respect de croyances imposées, l'établissement d'un pouvoir fortement constitué, et plus tard l'influence des traditions, des autorités sociales, les droits indiscutés du père de famille, qui ont enfanté toutes les civilisations? Oui, la croyance dans une puissance surnaturelle est nécessaire, et les ruines laissées sur la terre par de grandes nations disparues, ces restes encore debout de temples gigantesques, n'affirmentelles pas dans leur muette et silencieuse majesté, la grande ferveur des antiques croyances religieuses? Mais après tout, quelque chose en dehors de ces croyances, aurait-il pu modifier les instincts brutaux et sanginaires de l'être humain primitif, de celui que nous retrouvons encore dans certaines parties de la terre, presque tel qu'il nous apparaît sortant de la nuit du passé, grâce à ces vestiges arrachés aux sables anté-diluviens, et même à des couches géologiques plus anciennes? Non! sans la croyance à une puissance supérieure, qui peut lire dans son âme et juger ses actions, la conscience de l'homme n'aurait pu se développer, et il serait resté entièrement dominé par ses déplorables penchants.

Enfin, l'idée religieuse n'a-t-elle pas enfanté le dogme le plus pur que l'humanité puisse rêver? Et le monde moral, dans cet Occident si fier de sa civilisation, ne date-t-il pas en réalité du Christ? L'effluve céleste que renfermait en lui l'Homme-Dieu, et qui a rayonné sur une partie de la terre, n'y a-t-elle pas éveillé l'esprit de charité et d'humilité? Or, peut-elle avoir une autre origine que celle que lui a reconnue la conscience chrétienne? Sondez vos cœurs, contempteurs de l'idée religieuse, et dites-nous si on peut trouver quelque chose d'humain et de charnel dans l'être incomparable qui nous est apparu il y a déjà près de dix-neuf siècles, et dont la parole simplement transmise, sert aujourd'hui de code moral aux peuples les plus avancés en civilisation ?

Si l'esprit divin s'est incarné dans un homme, a écrit un sceptique érudit, *c'est dans celui-là !*

Mais le Christ qui avait reçu sa lumière d'en haut, savait bien que les troupeaux d'êtres humains ont besoin de conducteurs ; aussi a-t-il dit : *Rendez à César ce qui appartient à César !*

Après tout, que signifient les découvertes de la science moderne, en regard de cette transformation du monde antique sous le souffle chrétien ? L'homme simple et croyant ne coule-t-il pas paisiblement de longs jours, s'il sait modérer ses passions et travailler avec suite et intelligence, même loin des contrées qui utilisent la puissance de la vapeur et celle de l'électricité ? La science ! mais elle aura beau entasser découvertes sur découvertes, elle ne fera pas sortir un brin d'herbe d'une opération de laboratoire. Elle aura beau, par exemple, centupler la portée de ses télescopes, l'infini lui opposera toujours ses poussières de soleils noyés dans une immensité sombre et sans limites ! Nous le voulons bien ! la science est en train de faire revivre un monde antérieur à celui dont paraît parler la Bible ; soit ! mais tout cela nous expliquera-t-il un jour comment la matière a été imprégnée du souffle de vie, et pourquoi, humainement parlant, tout tend au règne de la justice et de la charité comme à un idéal céleste.

Allez, chercheurs infatigables, prenez le plus puissant de vos microscopes, décomposez, si vous le pouvez, la cellule primordiale, et d'analyses en analyses, osez conclure que la vie est une combinaison inconsciente de la matière. Qu'importe! vous ne détruirez jamais dans les âmes d'élite ce besoin d'idéal, ces espérances d'outre-tombe, cette tendance impérieuse à croire que tout n'est pas mort avec le dernier regard de ceux que nous avons aimés. Et puis, un des plus puissants génies dont s'honore l'humanité n'a-t-il pas dit : *Un peu de science mène à l'irréligion, beaucoup de science ramène à la croyance.*

Mais revenons-en au côté matériel des choses.

Eh quoi ! on a la prétention de constituer un monde économique dans lequel il ne sera pas tenu compte de nos tendances les plus impérieuses ; où l'on supprimerait comme à plaisir tous les stimulants qui font que l'être humain travaille, s'ingénie, progresse ; un monde où l'Etat, une abstraction, tendrait à se substituer de plus en plus au père de famille ; où le désir de posséder, l'amour de la propriété qui enfante des miracles de prévoyance, n'aura plus sa raison d'être ; où il ne s'agira plus de charité, mais d'une hypocrite chimère, la *fraternité*, à laquelle des logiciens impitoyables substitueront bien vite une solidarité contre nature?

Mais d'abord, pour parler avec tant d'onction, de

fraternité, il faudrait nous prouver que les véritables frères sont toujours disposés à se sacrifier les uns pour les autres. Et en l'admettant même, serait-ce une raison pour imposer à ceux qui ne se connaissent pas, et qui se défient à bon droit même de leurs voisins, une abnégation, un dévouement en dehors du possible. Ne sait-on pas assez qu'il n'y a que les hommes dont les yeux sont tournés constamment vers le ciel qui soient disposés à traiter les autres en frères; eux seuls peuvent, en effet, faire sérieusement abnégation des biens et des jouissances terrestres.

Nous avons donc le droit de supposer que si l'on vient substituer la fraternité à la charité, c'est, d'une part, parce que la charité est fille de la croyance, ensuite, que le mot fraternité sert de déguisement à une chose dont il vient d'être encore question. Chose qui résume toutes les illusions socialistes et toutes les passions envieuses, en même temps que toutes les haines irréfléchies de ceux que l'on désigne sous la qualification de déshérités : c'est la *solidarité.*

Redisons-le donc encore : au fond, la solidarité implique l'égalité des biens, des salaires, des jouissances; ce qui, en réalité, aboutirait forcément à rendre les laborieux, les intelligents, les prévoyants, plus ou moins solidaires de la paresse, du peu d'efforts intellectuels et de l'imprévoyance du plus grand nombre. Et cela, sous le prétexte de prévenir les misères pouvant assaillir cette foule d'êtres indolents, qui ne travaillent avec un peu de suite, d'assiduité, que contraints et forcés, et ne subissent que par nécessité une discipline indispensable pour obtenir cette production suffisante et intelligente dont, par parenthèse, ils profitent les premiers, en définitive.

C'est, dit-on, en faveur de ceux qu'ils peuvent mettre au monde que l'on invoque surtout une solidarité extra-humanitaire ; mais alors, pour la dernière fois, il ne s'agirait donc plus bientôt, pour tous, que de mettre des enfants au monde, à l'instar des animaux, sans avoir à s'occuper des suites que cette fécondité peut avoir. Et encore, chez les animaux, au moins chez ceux d'un ordre supérieur, chaque couple se charge de nourrir et d'élever ses petits, jusqu'à ce qu'ils puissent se suffire.

Maintenant, croit-on que c'est en forçant les laborieux et les intelligents à travailler au profit des autres, que peut se constituer cette richesse si utile à tous ; cet *infame* capital sans lequel aucune entreprise n'est possible, et que l'on semblerait presque disposé à voir partager, ou plutôt à voir dissiper, par ceux qui sont incapables de l'acquérir et de le faire fructifier ? Fait-on même preuve d'un peu de bon sens et d'expérience, quand on crie tous les jours par dessus les toits, que le salaire paie un tribut trop fort au capital, tout en se plaignant constamment de ce que le capital se fait trop tirer l'oreille pour se confier. Mais, songez-y donc, si le capital trouvait un si grand avantage à le faire, ce serait lui qui viendrait au devant des emprunteurs; et vous savez bien que précisément, à cause des misères intellectuelles et morales du très-grand nombre, les choses ne se passent pas ainsi. Ce qui revient tout simplement à dire, que le capital court toujours beaucoup plus de risques que ne le pensent ceux qui ne le connaissent que de nom. Et cela est si vrai, que si l'on considère l'ensemble de sa rémunération, elle est très-faible, en fin de compte.

Le capital, bon Dieu! Que d'erreurs, que d'aberrations ont cours à son sujet! Ainsi, ce que l'on ne veut pas généralement comprendre, c'est que ce fruit du travail et de la prévoyance n'est, en réalité, qu'un instrument très-difficile à manier, quand il s'agit de l'accroître, ou au moins de ne pas le gaspiller; on peut même dire qu'entre les mains de ceux qui sont incapables de le faire fructifier, et ne peuvent le dissiper, il est comme une montre sans clef entre les mains d'un sauvage. Car si l'on veut aller au fond des choses, on se rendra bien vite compte de ce fait: c'est qu'à l'heure actuelle, en présence de tous nos progrès industriels, agricoles, commerciaux, rien n'est plus difficile que d'utiliser fructueusement le capital.

Mais on dit vraiment bien d'autres énormités économiques dans le monde des illusionnés et des envieux! N'entend-t-on pas affirmer, tous les jours, que la richesse est mère de l'oisiveté, que l'oisif consomme sans produire, et autres billevesées économiques de ce genre. Ainsi, on paraît ignorer que ceux que l'on appelle les riches, sont les agents les plus actifs de la production. Et puis, ne dirait-on pas vraiment qu'il peut y avoir des richesses acquises sans qu'il y ait des riches; et parmi eux, tout naturellement, des gens qui se contentent de vivre du produit de ces mêmes richesses; mais à la condition toutefois, ne l'oublions pas, de les confier à des mains intelligentes et prévoyantes, ce qui n'est pas aussi facile qu'on le pense. Les riches sont donc à la fois, et par la force des choses, des producteurs indirects très-nécessaires, et des consommateurs très-utiles. Or, non-seulement ils rendent d'énormes services aux laborieux et aux intelligents, mais encore ils accroissent la somme de travail productif. Tout cela, c'est entendu, en dehors du bien qu'ils peuvent faire autour d'eux, et du rôle actif qu'ils ont dans le développement des sciences et des arts. Les riches? mais si l'on veut y regarder de près, ce sont au contraire les rouages les plus indispensables du mécanisme social; car, en définitive, l'homme n'est-il pas voué au travail, et son travail n'est-il pas d'autant plus fructueux qu'il y a des richesses acquises; c'est-à-dire qu'il peut se procurer facilement des capitaux, et, conséquemment, des instruments nécessaires à la production. On peut même ajouter qu'il est vraiment fort heureux que l'homme soit obligé de travailler pour vivre, car il y a gros à parier que la somme de mal qui se produit serait bien plus grande, si l'être humain pouvait vivre dans l'oisiveté et l'insouciance.

Maintenant, et pour en finir sur ce sujet : puisque l'homme est voué au travail, et qu'on ne peut nier que la richesse circulante, le capital, soit le grand levier de la production, il est donc avantageux pour une société que cette richesse reste entre les mains de ceux qui savent la conserver, ce qui veut dire, la faire fructifier. Et encore une fois, ceci n'est pas, à beaucoup près, aussi facile qu'on le suppose, car l'immense majorité de ceux qui déblatèrent contre les riches, contre les exigences du capital, seraient, dans la généralité des cas, incapables d'en tirer un bon parti. Cela tient à ce que pour conserver la richesse, pour la rendre productive, il faut beaucoup de prévoyance et d'intelligence, et ce n'est pas là le lot du premier venu. On peut donc affirmer de nouveau, que ceux qui possèdent cette richesse sont les rouages indispensables d'une organisation économique comme la nôtre ; c'est-à-dire celle des peuples les plus avancés en civilisation, et cela quoiqu'en disent de prétendus lettrés qui vivent dans les nuages de ce qu'on peut appeler un socialisme enfantin.

La vérité *vraie,* néanmoins, c'est qu'au point où on en est chez nous, l'antagonisme social, les envieux et les déshérités préfèreraient peut-être l'égalité dans la misère, à un travail obligatoire et assidu.

Oui, mais l'égalité dans la misère, ce serait dans certains moments, pour le plus grand nombre, une misère horrible, surtout pour ceux qui ne sont ni laborieux, ni prévoyants, ni capables de beaucoup s'ingénier, et dont la plupart, pour dire tout ce que nous pensons sur un sujet un peu scabreux, ne penseraient volontiers qu'à mettre des enfants au monde à la charge de la société.

Aussi, nous permettra-t-on d'énoncer encore à ce propos une vérité un peu crue, en rejetant à l'arrière-plan des réticences qui n'ont plus de raison d'être, en présence de la brutalité des attaques que subit notre régime social et économique. Cette vérité est celle-ci, selon nous : la société ne peut vraiment pas donner des primes d'encouragement à ceux qui mettent des êtres au monde, sans pouvoir ou vouloir se charger de les élever ni de les diriger, car ces enfants sont le plus souvent destinés à faire des mendiants ou des malfaiteurs. Et dût-on nous accuser d'être malthusien, — accusation fort à la mode surtout de la part de ceux qui n'ont pas compris Malthus — nous n'hésitons pas à dire que la société ne doit rien faire pour encourager ce genre de fécondité.

Si le livre saint a dit : Croissez et multipliez! cela n'implique nullement que ceux qui ont des enfants ne sont pas tenus de les élever et de les guider dans la voie du travail, car un homme qu'on ne récusera pas volontiers, a écrit, avec autorité (1) : *L'homme tend à augmenter en nombre plus rapidement que ne s'accroissent ses moyens de subsistances.* Dans tous les cas, l'espèce ne pouvant s'accroître et se moraliser qu'autant que les êtres qui entrent dans la vie, sont nourris, protégés et dirigés, jusqu'à ce qu'ils soient en état de pourvoir aux nécessités de leur existence, et de se conduire raisonnablement ; le travail de plus en plus productif, de plus en plus intelligent, est donc la première des nécessités sociales. Mais ne sait-on pas, d'un autre côté, que si on assurait au plus grand nombre une nourriture grossière, un abri suffisant, et de quoi se vêtir tant bien que mal, il ne travaillerait pas, et n'en aurait pas moins beaucoup d'enfants, que le dénuement et le manque de soins décimeraient du reste à la journée. Est-ce là le dernier mot de votre *desiderata* économique, grands charmeurs en fraternité et en solidarité?

Nous voici donc conduit à répéter encore ici, que tant que les lumières de l'expérience et du bon sens, ou plutôt de la science sociale et économique, n'auront pas pénétré suffisamment dans les intelligences, les vieilles aberrations socialistes ou autres renaîtront sans cesse. Et, du reste, pour changer de sujet, n'en est-il pas de même, ô mon pauvre pays, de tes

---

(1) Darwin.

illusions patriotiques? Que n'a-t-on pas réussi à te faire croire? Ce serait vraiment à conserver, de toutes ces choses, un perpétuel sourire, si les conséquences de tes dernières illusions n'avaient pas été aussi navrantes, ne nous avaient coûté autant de vies humaines, autant de larmes, autant de richesses.

Ainsi, ne nous a-t-on pas fait croire un jour, que ce drapeau aux trois couleurs, accepté dans un moment d'enthousiasme populaire, devait faire le tour du monde! Et aussi, que tous les peuples avaient les yeux tournés vers cet ange aux ailes déployées, une étoile au front, dont le bras élève une torche flamboyante sous les rayons du soleil, comme pour embraser l'univers. Or, cette statue placée dans un jour d'ivresse patriotique au sommet d'une colonne commémorative, érigée pour perpétuer le souvenir de ceux qui sont morts en croyant simplement défendre la loi politique de leur pays, sans se douter qu'ils avaient derrière eux les énergumènes qui, à toutes les époques, n'ont jamais voulu respecter même les pouvoirs établis dans l'intérêt de la sécurité sociale; cette statue, disons-nous, ce génie de la liberté, si étincelant sous les feux du jour, et qui devait personnifier seulement ce qu'on a appelé dans le jargon politique les libertés nécessaires, n'a-t-il pas paru représenter plus tard le démon de l'anarchie et des ruines fumantes?

C'est donc l'occasion de te répéter encore, ô pays

si crédule! qu'en continuant à écouter tes rêveurs politiques, tes histrions dans l'art oratoire, tes écrivains à tant la ligne, si féconds et si disserteurs, tu ne cesseras de côtoyer la pente rapide qui conduit fatalement au fond de ce fossé bourbeux : l'anarchie sociale. Et cela, sans même te douter que tu peux tomber plus bas, dans l'estime du monde civilisé, que ces Républiques du Nouveau-Monde, qui, sous les mêmes prétextes de liberté, d'égalité et de fraternité, voient se perpétuer chez elles les luttes intestines, les abus de la force et de la violence. Aussi, sont-elles destinées à retomber un jour dans une espèce de barbarie primitive, comme y sont retombées les puissantes nations qui les ont précédées sur la plus grande partie du sol qu'elles occupent; grandes agglomérations humaines dont le souvenir est perdu dans le lointain des âges écoulés. O pouvoir destructeur du temps, moins grand cependant que celui des fureurs humaines, ces antiques races ne sont plus représentées aujourd'hui que par quelques peuplades errantes, n'ayant même pas le souvenir de ce qu'ont été leurs puissants ancêtres!

Mais, après tout, serions-nous la première grande agglomération d'hommes que l'anarchie, la désorganisation sociale, aurait fait retomber dans un état voisin de la barbarie, ou que d'autres nations plus fortement constituées au point de vue de leur organisation politique et sociale auraient subjuguée? Ne voyons-nous pas encore sur certains points de la terre, apparaître, soit au milieu des sables d'un désert, soit sous la sombre verdure des forêts vierges, des restes de monuments gigantesques, attestant que là, dans ces solitudes aujourd'hui presqu'inexplorées, se sont épanouies de brillantes civilisations, sans que la pensée humaine ait conservé la trace du genre de cataclysme qui les ont plongées à tout jamais dans l'éternel silence d'un passé mystérieux. Et chose plus surprenante encore, n'a-t-on pas reconnu que les assises de ces ruines imposantes, recouvrent elles-mêmes des ruines dont l'antiquité n'a plus de bornes.

Aussi, en présence de ces muets et grandioses vestiges de civilisations disparues, et dont ils attestent la splendeur passée, n'est-on pas conduit à supposer, que quelques-unes de ces civilisations sont venues sombrer dans une anarchie sociale sans nom ? Et que ces masses imposantes d'entassement de pierres sculptées, que l'on rencontre même dans les contrées les plus solitaires du Nouveau-Monde, les unes paraissant avoir été des temples, les autres des tombeaux érigés à la mémoire de chefs puissants et respectés, représentent l'œuvre de destruction de sectaires qui, à ces époques reculées, étaient poussés par l'esprit d'indiscipline et d'anarchie !

Les grands courants des passions humaines peuvent changer de direction et d'aspect, mais au fond la cause qui les produit est toujours la même. Les tendances anarchiques et envieuses ne cessent de dominer le cœur des hommes pris en masse; la crainte et la règle imposées par un pouvoir fort et respecté, peuvent seules, même à l'heure actuelle, réfréner nos dangereux entraînements. Aussi, c'est aller contre l'expérience et le bon sens, que de chercher à constituer un monde idéal où les passions humaines seraient simplement contenues par le sentiment du devoir et de discipline sociale.

Et, n'est-ce pas le moment de rappeler ici, qu'hier encore, des natures sauvages surgissant en pleine civilisation, ont essayé d'anéantir, non-seulement tous les monuments, mais encore tous les trésors scientifiques, littéraires, artistiques, de ce qu'on a appelé, avec emphase, la capitale du monde civilisé. N'est-on pas encore effrayé en pensant que si ces hommes, arrivés au paroxisme d'une fureur anti-sociale et se sentant perdus, avaient pu organiser des moyens gigantesque de destruction, — ce qui n'est pas au-dessus du pouvoir de la science moderne, — ils auraient fait, sans hésiter, un monceau de ruines de leur immense et riche proie, de ce Paris qu'ils n'abandonnaient que la rage dans le cœur. Or, si l'on admet, pour un instant, que tous ces forcenés, qui avaient à leur solde une partie de l'armée du mal, aient été vainqueurs après une lutte acharnée, peut-on envisager de sang-froid ce qui aurait pu se passer? Les uns voulant organiser une société en opposition avec les tendances les plus naturelles,

les plus impérieuses du cœur humain ; les autres ne pensant qu'à satisfaire des passions inassouvies, et les désillusionnés luttant de bonne foi pour éviter le grand naufrage d'une brillante civilisation.

N'oublions pas, du reste, qu'il y a en Europe à l'heure actuelle, des sectes qui rêvent la destruction par le fer et par le feu de tout ce qui existe, afin de pouvoir tout réédifier sur les bases du communisme le plus absolu ; qu'il y a surtout, en grand nombre, des hommes convaincus que ce n'est que par la force qu'on peut faire triompher certaines doctrines ! N'est-il donc pas rationnel de craindre, que dans un jour de défaillance politique, tous ces fanatismes, toutes ces illusions anti-sociales, entretenues par la liberté de tout dire, de tout prêcher, la facilité de surexciter à ciel ouvert toutes les mauvaises passions, — mauvaises passions décuplées chez nous par les rancunes vivaces nées d'une répression nécessaire, — en un mot, que toutes ces choses ne fassent explosion, et conséquemment table rase de ce qui constitue notre ordre social politique et économique, enfin notre civilisation. Car cette civilisation porte dans ses flancs ce qui peut la détruire un jour : c'est-à-dire, encore un coup, ce désir immodéré de liberté, d'égalité, et un esprit de scepticisme et de négation allié à une croyance plus ou moins naïve dans une prétendue fraternité.

Aussi, qui peut pénétrer, ô mon Dieu ! le sombre avenir ? On verra peut-être un jour, sur une des hauteurs environnant ce foyer d'atticisme et de lumières dont nous sommes si glorieux, une sorte de sauvage ne ressemblant nullement à ce fier Mohican des prairies du Nouveau-Monde, qu'un romancier célèbre nous a représenté le corps peint de vives couleurs, la tête ornée d'une provoquante coiffure de guerre, flottant au vent, mais un être semblant appartenir à une race dégénérée, le visage terreux, le corps couvert de guenilles, un être sans nom, emblème vivant de la sauvagerie, de l'insouciance et de la paresse; qui, se traînant en rampant derrière quelque pli de terrain, jettera de là un coup d'œil méfiant sur une mer de verdure, sur la grande solitude où fut Paris, cherchant à distinguer s'il ne s'élève pas de cette verdoyante immensité, un petit nuage de fumée qui trahisse la présence des ennemis de sa tribu.....

On nous trouvera peut-être bien osé de dire ces choses, au moment où les tranquilles possesseurs de ce qui est aujourd'hui un grandiose entassement de richesses, s'apprêtent à offrir une fête splendide au monde civilisé? Oui, mais à une époque encore récente, où tous les potentats de l'Europe venaient assister à une semblable fête, qui aurait pensé que notre belle capitale comptant ses derniers morceaux de pain, humiliée, la rage dans le cœur, ouvrirait ses portes à un puissant ennemi, et, verrait peu de temps après, tout ce dont elle est fière incendié par la main d'enfants dénaturés?.....

Enfin, comme on le dit, un signe des temps n'est-il pas récemment apparu; une partie de sa population n'a-t-elle pas acclamé trois fois, comme son représentant, celui qui a fait contre notre ordre social actuel le serment d'Annibal (1)?

---

(1) M. Louis Blanc, *Conférences du Luxembourg*.

SECONDE PARTIE

Mais c'est peut-être avant peu que nous ne compterons plus comme nation, si nous laissons s'établir chez nous l'anarchie politique et sa conséquence obligée : la lutte sociale. N'en sommes-nous pas du reste arrivés à ce point, qu'un homme d'Etat, tant soit peu expérimenté, n'oserait plus armer la population de nos grandes villes, même quand l'ennemi envahirait notre sol ! Il y a-t-il aussi un esprit un peu clairvoyant, qui serait tenté aujourd'hui de laisser tout dire, tout prêcher, tout écrire? Est-ce qu'en réalité, si l'on veut aller au fond des choses, ce mot liberté, sans correctif, sculpté dans la pierre de tous nos monuments, n'est pas simplement une pure concession, faite à cette tendance anarchique et révolutionnaire qui représente le fond des aspirations populaires depuis 1793? Ensuite, à un autre point de vue, n'est-il pas à craindre que nos entraînements politiques, suivis d'une propagande irréfléchie, ne nous mènent à de dangereux conflits avec les autres peuples? Avec ceux, par exemple, qui vivent tranquilles sous des lois respectées, et restent soumis à un régime politique stable, se perpétuant par l'hérédité de génération en génération. Enfin, avec ces nations dont les chefs sont vénérés par le plus grand nombre, et qui jouissent d'une organisation sociale puissante; là surtout où l'idée religieuse domine les âmes, et où l'on respecte des institutions séculaires, gages de stabilité sociale. Mais toutes ces choses sont incompatibles avec notre besoin ou plutôt notre fureur de tout discuter, de tout dénigrer, de tout remettre constamment en question, comme aussi de tout niveler. Ainsi, poussé par nos tendances égalitaires, n'en sommes-nous pas déjà arrivés, c'est déjà dit, à substituer dans l'urne politique, le poids du nombre au savoir, à l'expérience, et l'expression des entraînements irréfléchis à la froide raison? Faut-il redire cependant, que partout, les plus nombreux sont les ignorants, les déclassés, les malintentionnés.

Le devoir de ceux qui ont les yeux ouverts sur le danger social qui nous menace, est donc tout tracé; il faut sonner sans cesse et à toute volée la cloche d'alarme, et tâcher surtout de faire toucher du doigt aux indifférents, aux hommes trop exclusivement préoccupés de leurs propres affaires, des exigences de la famille, les conséquences forcées des tendances dites démocratiques, tendances en réalité démagogiques et révolutionnaires.

Disons donc, sans restriction, ce qu'encore une fois nous croyons être la vérité *vraie*, dût-elle paraître un peu crue, et en laissant surtout de côté, cela devient nécessaire, certains euphémismes qui n'ont jamais eu qu'un but : dissimuler cette infirmité humaine qu'on ose à peine avouer, et qui fait que les choses les meilleures, en apparence, même les plus chrétiennes dans leur esprit, ont souvent de très-mauvaises conséquences en pratique. Allons, aussi loin, s'il le faut, dans ce sens, qu'a été dans la défense de l'idée anarchique, l'homme de l'antinomie et de la négation; celui qui a paru croire qu'une agglomération humaine pouvait se constituer en dehors de l'idée religieuse, et du respect absolu de la propriété. Celui-là, comme beaucoup d'autres, demandait aussi toutes les libertés possibles, car il avait besoin d'abuser de celle d'écrire, pour saper à son aise tout ce qui fait qu'une société tient debout. Et le mal qu'il a fait devrait suffire, pour prouver le danger d'une seule de ces libertés, réclamée avec tant d'instance par ce monde qui vit de publicité et de polémique.

Mais, du reste, a-t-on jamais vu de nos jours, un homme laborieux, prévoyant, bon père de famille, n'ayant aucune visée politique, se plaindre de n'avoir pas assez de liberté? D'un autre côté, l'infirmité humaine ne veut-elle pas que l'homme ait toujours une tendance à abuser de celle qu'on lui laisse, au profit des entraînements instinctifs, de son orgueil, de ses rancunes, de ses convoitises; et surtout de son besoin de domination, quand il se croit supérieur aux autres. Enfin, les clairvoyants n'ont-ils pas toujours compris qu'un pouvoir n'est suffisant et stable, qu'autant qu'il ne peut être discuté. Aussi, en regardant les choses de près, on s'aperçoit bien vite qu'il n'y a dans nos institutions modernes qu'une liberté qui peut être largement pratiquée, c'est la liberté du travail; et encore, on ne saurait trop revenir sur ce sujet, comporte-t-elle de grands correctifs si l'on veut éviter ses mauvaises conséquences. Car enfin, les larmoyeurs en fraternité ne l'ont-ils pas accusé eux-mêmes de perpétuer l'avilissement du salaire, de favoriser une exploitation anti-chrétienne des forces physiques de la femme et de l'enfance, de créer une concurrence acharnée, impitoyable, qui fait que les petits, les simples d'esprit, sont toujours écrasés par les *habiles* et les grands. De plus, par le fait du peu de prévoyance de l'homme, de sa tendance à se laisser attirer dans les grands centres de population, n'a-t-elle pas enfanté des misères d'autant plus navrantes qu'elles s'étalent au milieu des pompes orgueilleuses de la richessse.

On peut même aller plus loin et dire, que toutes les libertés ont de si grands inconvénients, que la liberté individuelle elle-même laisse le plus souvent trop de prise à l'impunité? N'est-elle pas en effet la cause que dans beaucoup de cas la répression est difficile ou devient trop tardive? Ne paraît-elle pas favoriser encore tous les jours les abus de la force et de la violence? Ainsi, un homme menace, terrifie les siens, ses voisins, il abuse de l'effroi qu'il inspire, le magistrat chargé de protéger les faibles, les gens paisibles, le sait; qu'y peut-il faire? Attendre que des actes abominables soient commis? Et dans maintes circonstances, son intervention n'est même pas assez prompte pour que le coupable n'ait pas beaucoup de chances d'échapper à la vindicte publique. On peut donc dire avec vérité, que le plus souvent, les libertés les plus nécessaires profitent beaucoup trop aux méchants.

Du reste, si l'on veut tenir bien compte de l'infirmité humaine, il devient évident que tout principe absolu, appliqué sous de grandes restrictions, peut avoir les plus tristes conséquences. Citons pour exemple, l'égalité devant la loi, ce bienfait indiscutable; ne nous a-t-elle pas entraînés, par une logique fatale, à l'égalité politique, cette monstruosité sociale qui doit inévitablement nous conduire à l'anarchie. Anarchie qui est toujours au fond des choses, qu'on y réfléchisse bien, car elle a empêché bien longtemps les petits groupes humains de se constituer en grandes agglomérations d'hommes; ce qui, ne cessons pas de le redire, n'a pu avoir lieu que par la constitution d'un pouvoir fort et concentré, s'imposant au nom de l'idée religieuse. Et si l'on veut se rendre bien compte de la difficulté d'exercer ce pouvoir, on arrive bien vite à conclure, que toute liberté qui n'est pas accompagnée de grands correctifs tourne à l'abus. Eh, mon Dieu! les partisans les plus fanatiques de toutes les libertés le sentent si bien, qu'une fois maîtres du pouvoir, ils ont des tendances souvent plus autoritaires que les autres; et leur banale excuse, en pareil cas, c'est qu'ils prétendent représenter la volonté du plus grand nombre. Le plus grand nombre! ceux qui invoque son omnipotence, savent cependant bien, encore un coup, de quoi il se compose; c'est-à-dire, en grande partie, des ignorants, des moins expérimentés, des déclassés, des avinés, enfin de ce qu'on a appelé la vile multitude.

Aussi, comment admettre que ces grandes libertés, qui impliquent fatalement l'égalité politique, puissent servir de bases à l'organisation d'une société prospère et bien ordonnée; il faudrait oublier que toute tentative d'organisation sociale a toujours eu pour effet de les restreindre, parce qu'elles doivent toujours nous conduire à l'anarchie dans les idées comme dans les faits, et conséquemment à la domination des plus violents. Qui ne le sait, du reste, l'homme ne tend-il pas à abuser de tout? Le mal ne se produit-il pas toujours quand on sort de la discipline et de la règle. Notre infirmité morale, en définitive, ne veut-elle pas que nous abusions même des meilleures choses?

Mais puisqu'il s'agit ici surtout de libertés politiques, n'est-ce pas faire injure au sens commun que de prétendre, par exemple, qu'il est possible, sans tomber dans un gâchis anarchique, d'avoir le droit d'ameuter tous les jours sur la place publique, les imbéciles, les illusionnés et les malintentionnés; en leur laissant accuser, avec force invectives, tantôt d'incapacité, tantôt d'injustice, voire même de concussion ou de trahison, selon le cas, les hommes que leur mérite, ou des circonstances impérieuses ont placé sur les échelons du pouvoir, ou qui en sont la personnification? Et cependant, ce droit si souvent revendiqué, c'est tout simplement le droit de réunion, droit primordial, dit-on, et qu'on ne peut refuser à tout citoyen qui veut s'éclairer sur la marche des affaires publiques. Oui, tout cela est bel et bien, en théorie, mais au point de vue pratique, et notre misère morale aidant, il est évident pour tout homme expérimenté, que ce genre de liberté nous a toujours conduits et nous conduira toujours aux conflits de la rue, au renversement de tous les pouvoirs établis, à la guerre civile. Aussi, est-il réclamé avec instance par toutes les démocraties militantes, ou plutôt par la démagogie.

En définitive, il ne faut donc pas craindre de le crier à haute voix : toutes ces grandes aspirations vers un régime absolu de liberté, d'égalité contre-nature, de fraternité mensongère, ne sont, pour les esprits sérieux et qui connaissent les choses de ce monde, que des puérilités dont on est obligé de tenir compte dans certaines situations politiques difficiles, pour donner une satisfaction apparente aux revendications irréfléchies des foules ignorantes, envieuses et affolées; ce qui n'empêche pas, néanmoins, certains théoriciens plus ou moins ingénieux d'aller jusqu'à prétendre que la liberté a le pouvoir de guérir les blessures qu'elle fait. Plaisant aphorisme, vraiment ! car, alors, ne vaudrait-il pas mieux qu'elle fût mise dans l'impossibilité d'en faire ?

Mais, la vérité *vraie,* et elle devient tous les jours plus saisissante, c'est que depuis près d'un siècle, nous avons perdu notre stabilité politique et sociale, passant à plusieurs reprises de l'anarchie à la dictature, après avoir essayé en vain de nous en tenir à ces pouvoirs mitigés, qui paraissent le plus en harmonie avec les nécessités de notre époque ; pouvoirs qui n'ont pas tardé à disparaître devant des impatiences bien peu légitimées ; et, disons-le, parce qu'ils n'étaient pas suffisamment armés, pour résister à la puissance destructive des libertés accordées. Or, cela tient surtout à une chose, c'est que nous avons toujours voulu confondre la liberté et le contrôle.

C'est là, on peut le dire, notre plus grande faute au point de vue politique. Nous nous arrêterons donc un peu sur ce point.

Le contrôle, c'est élémentaire, peut seul contrebalancer les mauvaises conséquences de nos infirmités morales dans l'exercice d'un pouvoir quelconque, et il ne peut jamais être trop rigide, trop étendu, aussi doit-il exister du sommet à la base de l'édifice politique, administratif et judiciaire. Mais, encore une fois, le contrôle n'a qu'un rapport très-indirect avec la liberté, quoi qu'en puissent dire tous les faiseurs de paradoxes politiques, et tous les prestidigitateurs en démocratie et en radicalisme.

Le contrôle est une chose méthodique, procédant sévèrement dans son application ; il exige, au contraire, des pouvoirs bien définis et bien limités, qui ne se prêtent à aucune promiscuité morale. La liberté, par contre, telle que les masses la comprennent généralement, c'est le droit de discuter sans cesse toutes les règles imposées, et d'échapper surtout à tout joug moral. Ainsi, la liberté telle qu'on cherche à la mettre en pratique depuis 1791, n'a aucune analogie avec un contrôle sérieux, durable, et le rend même en quelque sorte impossible. Et pour qui veut suivre avec attention ce qui se passe chez nous depuis plus de quatre-vingts ans, cela peut se passer de démonstration. Ce qui n'empêche pas des théoriciens, des lettrés plus ou moins intéressés dans la question, de chercher continuellement à prouver que sans les libertés les plus étendues il n'y a pas de contrôle possible. Et ce qu'ils ne veulent pas voir surtout, c'est que le véritable contrôle exige le respect des pouvoirs établis, une suite dans l'action administrative, qui est impossible avec le renouvellement continuel des hommes et des choses, conséquence forcée des institutions dites démocratiques, pour mieux dire instables.

Sans nul doute, et ceci est une vérité banale, le contrôle implique tout naturellement la liberté de discuter les actes d'un pouvoir quel qu'il soit ; mais pour un esprit sérieux, cette liberté ne peut être confondue avec celle de tout dire, de tout écrire, ce qui est le mal comme le bien, de tout remettre perpétuellement en question, enfin le droit de dénaturer comme à plaisir tous les actes d'une administration, d'un gouvernement, et surtout de pouvoir prêcher aux mécontents et aux ignorants la révolte contre les pouvoirs établis.

Les libertés nécessaires, pour nous servir encore d'une expression consacrée, ne peuvent pas impliquer, par exemple, le droit d'attaquer ce que la conscience humaine a regardé, dans tous les temps et chez tous les peuples civilisés, comme ce qu'il y a de plus respectable ; de chercher à étouffer, à détruire dans le cœur des masses, non-seulement le respect de la hiérarchie, mais tout ce qui tend à idéaliser la vie, comme les espérances spirituelles.

Il y a des gens qui se croient bien forts parce qu'ils crient sans cesse : tout pouvoir mène à l'abus ! soit, mais c'est quand il n'est pas contrôlé et intéressé à bien faire. Pardieu ! vous ne supprimerez pas l'infirmité humaine, c'est convenu ; mais il s'agit de savoir si toutes vos libertés n'enfantent pas de bien plus grands abus. Et cependant est-ce une raison pour ne pas accorder celles qui sont utiles au contrôle du pouvoir? Enfin, ne commence-t-on pas à s'apercevoir que là où règne de grandes libertés, et principalement une égalité politique contraire aux règles du simple bon sens, tout tend à l'instabilité dans les institutions, et finalement à l'anarchie et à la lutte sociale. Car alors tout se renouvelle sans cesse, les hommes et les choses, et le pouvoir sans force, sans puissance répressive, passe à tour de rôle entre les mains de ceux qui représentent, et cela dans leur plus grande exagération, les entraînements irréfléchis des masses.

Où a-t-on vu du reste régner, sans qu'elles aient de bien mauvaises conséquences, une partie des libertés que l'on réclame tous les jours à cors et à cris, à moins qu'elles n'aient pour correctif ou contre-poids un pouvoir politique fort et à l'abri de toutes les compétitions : ce qui veut dire une constitution sociale limitant forcément, dans un cercle d'action restreint, l'ambition de ceux qui doués de certaines facultés, souvent peu sérieuses au fond, veulent à tout prix et n'importe par quels moyens, satisfaire d'orgueilleuses visées. Aussi ce danger n'est pas à craindre, tout naturellement, quand un pouvoir héréditaire existe, et que l'organisation d'une aristocratie puissante et respectée, lui permet d'absorber dans son sein les hommes qui arrivent à conquérir une certaine influence. Les institutions dites démocratiques ne sont vraiment admissibles qu'exceptionnellement, et dans un pays où la population est clair-semée, où il reste de grands espaces libres pour attirer les activités fiévreuses, et principalement lorsque les bras manquent encore aux grandes entreprises ; enfin, dans ces contrées où l'homme a toujours devant lui un sol fécond et illimité à défricher. En dehors de ces conditions géographiques et économiques, et le plus souvent malgré ces conditions mêmes, il n'est guère possible qu'une agglomération d'hommes vivent en paix et prospère, sous un régime politique qui permet au premier venu d'attaquer tous les jours, dans des réunions nombreuses, voire même en pleine place publique ou dans des écrits répandus à profusion, ceux qui sont chargés de faire exécuter les lois, de maintenir l'ordre, de réprimer tout ce qui tend à troubler l'harmonie sociale. Car, encore un coup, on ne peut admettre, pour peu qu'on ait l'expérience des choses de ce monde, qu'il soit permis au premier déclassé venu, de se livrer à des accusations sans fin contre les hommes qui représentent le pouvoir, la force publique. Nous ne cesserons donc de répéter que dans ce cas, cette liberté n'est en réalité que la liberté de mal faire.

Et qu'on ne s'y trompe pas du reste, aucune de ces libertés exagérées ne sont nécessaires au véritable contrôle ; lequel ne peut s'exercer en réalité que par un pouvoir respecté, et au moyen d'une organisation administrative, judiciaire, fortement constituée, et au-dessus des caprices de la multitude; c'est-à-dire constituée en dehors de l'élection populaire.

Mais, en vérité, à moins d'admettre que l'homme n'est plus ce qu'il a toujours été, comment supposer que le fonctionnaire qui représente le pouvoir social, l'action administrative, soit impsssible devant celui qui peut lui dire : C'est moi qui t'ai fait ce que tu es, je suis ton souverain, et demain, si je le veux, tu rentreras dans la foule. De même, n'est-ce pas une grande illusion de croire qu'on peut exiger une obéissance passive du soldat, dans les privations, dans les fatigues, dans les incertitudes et les dangers de la guerre, lorsqu'il nomme ses chefs, et peut à chaque instant les accuser d'incapacité, d'imprévoyance, et surtout de lui faire éxposer inutilement sa vie, etc., etc. Pour qui connaît le cœur humain, une telle croyance est absurde !

Maintenant, insistons sur ce point : contrôler les actes d'un pouvoir n'implique pas le droit d'en paralyser l'action ; pas plus que le droit de contrôler la conduite d'un homme ne peut être le droit d'empêcher d'agir, ou celui de le calomnier. Non ! on ne saurait trop le redire dans nos temps troublés : ameuter contre le pouvoir légal d'un pays les passions inquiètes et envieuses ; répandre comme à plaisir de faux bruits sur les intentions et les actes des hommes publics ; les accuser à tout propos d'incapacité et de malversation, c'est tout autre chose que d'exercer ce droit tout naturel d'examiner et de discuter simplement leurs actes, au point de vue politique et légal, comme au point de vue administratif et social. Et pour tout homme de bon sens, dans le premier cas, le pouvoir est rendu impossible à exercer.

On peut donc affirmer, avec preuves multipliées à l'appui, que pas un pouvoir public au monde ne résistera longtemps aux abus intolérables qu'entraînent la liberté de la plume et de la parole ; sans parler de ce droit si cher aux faiseurs de théories politiques, de ce droit de réunion, qui permet aux oisifs, aux déclassés, aux politiciens, de se livrer continuellement à des polémiques bruyantes, sur la place publique ou dans des réunions nombreuses ; enfin, de surexciter sans cesse les illusions et les mauvaises passions des masses. N'auront-elles pas toujours, en effet, l'oreille tendue vers ces charmeurs en démagogie, à la faconde aussi banale qu'intarissable, et qui feignent toujours, avec une humilité feinte, de n'être que les traducteurs de la pensée populaire.

Tout cela, du reste, pouvait n'avoir que des inconvénients limités, chez certaines petites nations de l'antiquité, où les citoyens réputés libres vivaient du travail de leurs esclaves. Mais, aujourd'hui, chez les grands peuples avancés en civilisation, amoureux du bien-être, qui jouissent de l'égalité civile, là où toutes les intelligences sont en éveil pour produire, commercer, faciliter les transactions, et suivre constamment les progrès de la grande industrie, du grand commerce, et où il faut souvent pour réussir toute la puissance des capitaux accumulés ; la première de toutes les conditions de prospérité matérielle, c'est une grande stabilité politique et le respect d'une hiérarchie basée sur les services rendus et la situation sociale.

Ce qui est surtout nécessaire dans les grandes agglomérations humaines, c'est que ceux que leurs aptitudes et leur mérite portent au premier rang, puissent y rester le plus longtemps possible ; car il faut éviter à tout prix que des ambitions, des visées inavouables, constamment surexcitées par l'amour de la popularité, par un désir insatiable de pouvoir, ne viennent pas à chaque instant, sous des prétextes plus ou moins spécieux, troubler l'essor laborieux et pacifique du pays.

Beaucoup de gens qui acceptent sans les contrôler toutes les idées reçues, prétendent, il est vrai, qu'il y a des contrées très-avancées en civilisation, très-prospères, où la race humaine tend constamment à s'accroître, et où règnent cependant de très-grandes libertés. Mais en admettant même que cet état de choses soit durable, que le peuple auquel on fait sans cesse allusion ne laisse pas apercevoir déjà des germes de dissolution sociale, on peut dire aussi qu'il y a dans l'extrême Orient des peuples nombreux, dont la civilisation se perd dans la nuit des temps, dont les dogmes philosophiques sont irréprochables, les mœurs patriarcales, les produits recherchés de tous les peuples de l'Occident, et qui vivent néanmoins, depuis un temps immémorial, sous des institutions opposées aux nôtres ; car leurs gouvernements sont à la fois despotiques et théocratiques. On pourrait même ajouter que dans ces pays, la population, si l'on prend pour point de départ une étendue de sol déterminé, y est beaucoup plus dense que chez les nations les plus peuplées de l'Occident. Est-ce une raison pour en conclure que les institutions et les mœurs de ces peuples nous conviennent? Et puis, qu'on ne s'y trompe pas, lorsqu'on parle de certaine grande nation (1) chez laquelle les libertés publiques sont très-étendues, on ne paraît pas se rendre compte d'un fait dominant, c'est que ce peuple a pour ancêtres, que cette société a pour fondateurs des hommes qui avaient un grand respect pour la loi établie, pour les dogmes religieux ; et qu'elle est restée longtemps imprégnée, cela n'est pas niable, de leurs traditions et de leurs croyances. Puis, encore une fois, dans ces vastes contrées, les populations sont en quelque sorte clair-semées, si on les compare à l'étendue du sol qu'elles occupent ; ce qui fait que la terre ne manque jamais à l'homme entreprenant et laborieux. Néanmoins, il est facile

(1) Les Américains du Nord.

de voir qu'aujourd'hui, sous l'influence de ce besoin de liberté illimitée, favorisant toutes les tendances démagogiques, l'état moral de ce grand peuple n'est plus le même qu'au commencement de ce siècle. Et on est obligé de convenir, que ses mœurs paraissent en pleine décadence, que son arène politique se trouve envahie par une caste peu digne d'estime, en général ; enfin, que le régime inauguré par un de ses hommes d'Etat, qui a représenté plus particulièrement les idées démocratiques, commence à porter ses tristes fruits, par le fait surtout de l'immigration constante et encouragée des déshérités et des déclassés du vieux continent. L'antagonisme social s'y prononce de plus en plus comme chez nous, c'est-à-dire que la lutte s'accentue tous les jours, entre ceux qui vivent d'un salaire journalier et ceux qui possèdent les capitaux et les instruments de travail. Ne voyons-nous pas déjà s'y développer des grèves formidables, accompagnées d'actes d'une sauvagerie révoltante? Ne vient-il pas de s'y constituer aujourd'hui une ligue de prétendus *gagneurs de pain*, ne pouvant se recruter que parmi ceux qui vivent d'un travail manuel? Ce qui implique sournoisement que ceux qui ne travaillent pas manuellement, ne devraient pas avoir le droit de manger du pain avant que les premiers ne soient rassasiés. En définitive, pour tout esprit clairvoyant, le danger social qui nous menace, apparaît de plus en plus de l'autre côté de l'Atlantique.

Ainsi, tout indique que même bien avant que la population de cette vaste partie du continent américain, — population qui augmente dans des proportions énormes, — soit aussi nombreuse que dans certaines contrées de la vieille Europe, nous verrons se produire de plus en plus, sous l'influence des aspirations démagogiques et socialistes, les revendications menaçantes de masses de salariés ; de ceux qui vivent au jour le jour, et dont un si grand nombre, par suite de leur intempérance et de leur imprévoyance, restent plus ou moins misérables. Et ces revendications menacent déjà une quasi-aristocratie agricole, financière, industrielle et commerciale, dont les richesses augmentent sans cesse, mais qui, sous le souffle démocratique, perd tous les jours de son influence au point de vue politique et social. Il arrivera alors que sous un régime de liberté illimitée, c'est-à-dire permettant à des théoriciens ardents, ambitieux, de tout discuter, de tout critiquer, de tout dénigrer ; il arrivera, disons-nous, qu'après avoir sapé, au nom d'une prétendue philosophie positive, les croyances religieuses, on s'acharnera à prouver aux masses sur tous les tons, que la mauvaise distribution de la richesse, l'égoïsme de prétendus privilégiés, les accaparements des instruments de travail par le capital, sont les seules causes de la misère des salariés ; en un mot, que l'organisation sociale existante est inique, monstrueuse, et surtout que les oisifs, dont le nombre grandit forcément avec le développement de la richesse publique, vivent dans la paresse, le luxe et les jouissances, tandis que les véritables travailleurs subissent des privations journalières par suite de leur assujettissement économique. Alors, la lutte sociale avec toutes ses ardeurs malsaines, existera en fait parmi ces vigoureuses populations dont rien jusqu'à présent n'a pu arrêter l'essor, et qui se sont épanouies, nombreuses, sur un sol fécond, naguère parcouru seulement par quelques hordes disséminées de sauvages. *L'homme s'agite, Dieu le mène!* L'idée démocratique aura enfanté ses inévitables conséquences.

Du reste, comment veut-on que celui qui ignore les plus simples notions d'économie sociale et politique, dont l'existence est plus ou moins pénible, résiste à certaines prédications d'autant plus entraînantes qu'elles font appel à nos sentiments les plus expansifs? Cela est d'autant plus difficile que dans nos fourmillières humaines, une concurrence acharnée aiguillonne sans cesse toutes les intelligences laborieuses, et que plus nous allons, plus il faut être actif et prévoyant pour vivre dans une condition acceptable, et surtout pour s'assurer du pain et un abri dans ses vieux jours. Or, qui ne le sait, les hommes actifs, prévoyants, intelligents, seront toujours en minorité : ne nous abusons pas à ce sujet, c'est l'infirmité humaine qui le veut ainsi. Aussi, dans les pays les plus prospères, là où les populations sont agglomérées, y aura-t-il toujours de grandes misères à soulager, et, côte à côte, des possesseurs de grandes richesses, concourant très-directement au bien-être général, mais n'en éveillant pas moins d'ardentes convoitises.

Qui peut espérer, en définitive, que l'égoïsme et l'orgueil, qui forment le fond des tendances humaines et enfantent les passions envieuses, ne règneront pas toujours en maîtres dans le cœur de l'homme, qu'il occupe le premier et le dernier rang dans l'échelle sociale! N'était-il pas, du reste, dans la nécessité des choses que l'homme eût d'égoïstes tendances et un besoin inné de se distinguer des autres? Et cela, dans l'intérêt même de la propagation de l'espèce et de son développement moral. Ainsi, l'amour de la famille, si on le met en regard de l'amour de l'humanité, n'est-il pas, dans son mode de manifestation, l'expression d'une tendance égoïste? Et enfin, cet orgueil, ce besoin de conquérir une supériorité quelconque, n'a-t-il pas été aussi le point de départ de la plupart des grandes choses accomplies? Enfin, ce désir de nous élever au-dessus de nos semblables ne produit-il pas ces efforts d'intelligence dont tous profitent, en définitive, et auquel le monde des sciences, des lettres et des arts doit sa création.

L'égoïsme, l'orgueil! Mais cela est tellement instinctif, que vous trouvez ces tendances tout aussi prononcées chez le pauvre que chez le riche, chez l'ignorant que chez le savant. Sans doute, en apparence, les pauvres nous paraissent, en général, plus humbles, plus disposés à s'entr'aider; mais ceux qui se donnent la peine d'observer l'humanité de près, savent bien à quoi s'en tenir à cet égard. Ainsi celui qui souffre, par exemple, est souvent plus disposé à plaindre les autres que celui qui ne souffre pas, et s'il est pauvre surtout, l'humilité lui devient nécessaire pour apitoyer ses semblables sur son malheureux sort. Mais cette tendance à la fraternité et à l'humilité n'est en réalité qu'apparente dans la grande généralité des cas, et disparaît avec la misère et la souffrance; c'est-à-dire le jour où la condition de l'homme s'élève, et principalement quand il arrive à mieux connaître le monde, comme à pouvoir se passer de lui.

Il ne faut pas, du reste, se le dissimuler : c'est principalement la vue des manifestations orgueilleuses de la richesse, qui éveillent le plus de convoitises et de haines. Et, cependant, il est facile de le démontrer : cette richesse est utile à tous, puisque sans elle rien n'est possible, dans l'organisation économique des peuples les plus avancés en civilisation. De plus, ne sait-on pas qu'elle ne peut se créer que par le travail intelligent et la prévoyance; ensuite, que ceux qui s'enrichissent, ne peuvent le faire, dans l'immense généralité des cas, qu'en rendant des services à la société. Mais, la création de la richesse est tellement d'intérêt général, que là où elle n'existe pour ainsi dire pas, la condition du travailleur manuel est bien moins bonne que là où elle étale toutes ses pompes éblouissantes. Or, en fin de compte, comme il faut que la richesse soit quelque part, il est tout naturel et avantageux, qu'elle reste entre les mains de ceux qui savent la faire fructifier ou la conserver? On doit même aller plus loin, et ne pas se lasser de répéter que ceux qui en jouissent, voire même ceux qui la gaspillent, jouent un rôle très-utile dans une société, si l'on considère, dans leur ensemble les phénomènes économiques qui constituent la vie matérielle des peuples les plus avancés en civilisation. En effet, par la force des choses, elle se reconstitue toujours au profit du travail intelligent et prévoyant.

Laissons maintenant cette digression de côté et revenons-en à notre principale thèse.

Il est certain qu'en général, la liberté est si bien la liberté de mal faire, que là où il n'y a pas une règlementation sévère, là où la loi n'est pas suffisamment armée, l'homme tend invinciblement à abuser de tout, et que la sécurité sociale est moindre pour les pacifiques et les laborieux. Et si depuis la fin du dernier siècle notre pays a eu des jours tranquilles, ce n'est précisément que dans les moments où, effrayé des conséquences de ces libertés auxquelles il avait sacrifié sa stabilité, son repos politique, il s'est prêté à la reconstitution d'un pouvoir assez fort pour apporter des restrictions nécessaires à ces mêmes libertés si chèrement conquises. Mais ce qui prouve que nous sommes encore bien loin de la condition morale des peuples qui savent qu'il n'y a pas de véritable liberté sans un pouvoir stable, hors de toute contestation, et assez puissamment armé pour assurer la sécurité de tous, c'est qu'on voit continuellement chez nous beaucoup de gens sages et prévoyants, qui n'osant pas compter sur un lendemain assuré, prennent, sans le dire bien haut, et en prévision d'un sombre avenir, certaines précautions pour se mettre, ainsi que leur famille, à l'abri d'éventualités redoutables. Ces choses sont-elles vraies? Qui peut les nier? En disent-elles assez?

Et ce qui démontre surtout que les aspirations révolutionnaires sont toujours, dans notre pauvre pays, à l'état plus ou moins latent, c'est ce que nous ne cessons d'étaler sous les yeux du monde entier. Viendrait-il, en effet, à l'idée d'un de ces peuples assez avancés en civilisation pour supporter des libertés un peu étendues, d'inscrire, par exemple, sur ses monuments, cette fameuse formule, irréalisable et mensongère à la fois, qui masque, sous les apparences d'aspirations idéales, les choses les plus incompatibles avec l'établissement d'un ordre social sérieux et durable. Est-ce que tout esprit sagace, dans le vieux comme dans le nouveau monde, ne sait pas que ces trois mots : *Liberté, Egalité, Fraternité,* n'ont fait que servir de prétexte au déchaînement des passions anti-sociales les plus subversives de l'ordre nécessaire à la prospérité des agglomérations humaines, et à la stabilité des pouvoirs tutélaires? N'invoquent-ils pas sans cesse cette formule à double entente, ceux qui ne comprennent la liberté que dans l'anarchie, qui rêvent une égalité contre nature, et une justice distributive spoliatrice et irréalisable? Oh! si on voulait les laisser faire, ils tenteraient volontiers, même sur une société tranquille et prospère, ce que d'antiques traditions nous disent que les filles de Pélias ont tenté sur leur père! N'a-t-on pas, en effet, la prétention d'infuser du sang nouveau dans les veines du corps social? Eh bien! ce qui peut faire désespérer de nous, c'est que nous passons, oublieux, indifférents, devant cette inscription impérativement menaçante, qu'on peut encore même déchiffrer sur quelques-uns de ces palais incendiés, détruits, par les sectaires d'une liberté sans freins et sans limites; par ceux, et c'est là où le drame tourne à la comédie, qui tout en parlant d'égalité et de fraternité, se sont empressés d'occuper en maîtres, chamarrés d'or et d'argent, des positions lucratives, et de se livrer aux actes les plus vexatoires, les plus arbitraires et les plus odieux.

Et que de fois déjà, depuis le commencement de ce siècle, cette parade politique a été jouée sur un pavé sanglant, par d'audacieux et de sinistres acteurs, devant un parterre de niais et d'effarés, dont la plus grande partie, ô honte! applaudissaient à outrance.

Mais ce qu'il y a de plus singulier, c'est que ces trois mots qui composent l'énigme démocratique: *Liberté, Egalité, Fraternité,* figurent non-seulement sur nos édifices religieux, là où on devrait lire: *humilité, charité, croyance,* mais encore au-dessus des postes de ceux qui, au nom de la paix sociale, sont chargés de la répression des délits publics; de ceux qui vivent sous la loi de l'obéissance passive, du respect de la hiérarchie, et sont tenus de se faire tuer ou de tuer quand ils en reçoivent l'ordre. Chose plus bizarre encore: ne voit-on point s'étaler aussi au-dessus du porche des prisons les plus sévères, les plus dures, ces trois termes presque cabalystiques, qui sont pour la civilisation moderne, ce qu'a été pour un grand empire, une menace prophétique apparaissant au milieu d'un célèbre festin!

Mais qu'on ne s'y trompe pas, il y a plus d'hypocrisie qu'on ne le pense dans cette formule doublement mensongère, sculptée encore tous les jours dans la pierre, ou coulée en métal indestructible; car, encore une fois, la véritable signification de son dernier terme, n'est pas, pour beaucoup, fraternité, mais bien *solidarité;* et pour un certain nombre *communauté.* Aussi, peut-on considérer ces trois mots comme le *Mané, Thécel, Pharès* de notre organisation sociale.

On ne saurait donc trop te le redire, ô mon pauvre pays ! pour prévenir le jour fatal où tu reculerais comme effrayé devant l'explosion d'une anarchie sans nom et sans limites : tant que tu persisteras à voir dans la réalisation de chimériques aspirations le dernier terme du progrès politique et social, tu ne sortiras pas de tes crises révolutionnaires ; tu passeras du dévergondage des paroles envenimées au conflit de la rue, et par voie de conséquence, comme l'on dit sur les bancs de l'école, de l'anarchie à la dictature. Et sans nul doute, tu en arriveras un jour à cet état social effrayant dans lequel végètent ces petites républiques du Nouveau-Monde, dont il est si souvent question, et chez lesquelles il n'y a, en définitive, ni sécurité, ni prospérité matérielle, ni véritable liberté. Enfin, n'en doutes pas, ceux qui cherchent à te faire croire que l'humanité peut se passer de lisières, que le bien est une plante naturelle dont tout tuteur arrête l'essor, sont au fond des illusionnés ou des ambitieux, plus ou moins avides de domination et de jouissances ; et ce qu'il y a de plus dangereux, les preuves ne nous ont pas manquées, c'est qu'il y a parmi eux d'audacieux déclassés, qui pour assurer le triomphe de leurs doctrines d'emprunt, ne craignent pas d'appeler à leur aide, dans certains moments, cette armée du mal, si redoutable et si nombreuse dans les grands centres de population.

On peut même aller plus loin et affirmer que les principes proclamés, à une certaine époque chez nous, par des législateurs inexpérimentés, et, comme nous l'avons déjà dit, sous la pression inavouable de tous ceux qu'un homme d'un grand esprit a qualifié un jour de vile multitude, en un mot, sous la menace des énergumènes qui ont toujours des raisons pour en finir avec tous les freins sociaux ; que ces principes, contenus dans la fameuse déclaration des droits de l'homme et du citoyen, ne sont que la conséquence de ces aspirations vers la liberté de mal faire, vers une égalité brutale, impossible, et une fraternité mensongère, visant au fond une solidarité monstrueuse. Or, cette déclaration des droits de l'homme et du citoyen, qu'il est difficile de lire avec un peu de sang-froid, sans sourire de pitié, restera toujours, malgré tout, un sujet d'effroi pour les instincts conservateurs du vieux monde. Espérons donc alors, que tant qu'ils auront un souffle de vie, ces instincts puissants réagiront sans cesse, et d'autant plus énergiquement au jour du danger, contre tout ce qui menacera la stabilité et la sécurité sociale.

Mais il n'en faut pas moins s'attendre à une lutte sans trêve ni merci, entre ceux qui, sous le prétexte que nos constitutions politiques et économiques laissent beaucoup à désirer, — ce qui, par parenthèse, a pour unique cause l'infirmité humaine, — en un mot, entre ceux qui voudraient faire table rase de tout ce qui existe, et les hommes réfléchis, prévoyants, qui comprennent la part qu'il faut faire à nos tendances primordiales, et savent que la stabilité politique et le respect des traditions séculaires qui ont constitué toutes les grandes agglomérations d'êtres humains, sont les premières de toutes les nécessités sociales.

Dans tous les cas, il est bien évident, que si la Liberté, l'Egalité, la Fraternité, sont les derniers termes du progrès, les sociétés modernes dans lesquelles ils se constituent tous les jours de nouveaux privilégiés, soit par le fait de leur intelligence, de leur naissance, ou de leurs richesses acquises ; ces sociétés, où le nombre des prétendus oisifs ne cesse d'augmenter avec la fortune publique, n'ont guère de raison d'être pour les utopistes et les illusionnés. Car, d'une part, on s'y heurte à chaque pas contre le mur d'airain de la répression, et on y trouvera toujours, par la force des choses, par le fait de nos infirmités morales, les éblouissements d'un luxe orgueilleux frappant les yeux de milliers de malheureux et d'affligés qui ne peuvent être consolés ou secourus. Il est donc bien à craindre, que dans un jour de défaillance politique, sous ce régime de libertés illimitées où les passions envieuses ne cessent d'être surexitées, le pouvoir ne tombe entre les mains d'illuminés, qui, comme les anabaptistes du seizième siècle, croient à la fraternité des peuples et l'organisation possible d'une égalité contre nature ; et que nous n'en arrivions à subir longtemps leur règne anarchique et révolutionnaire.

Alors, il n'y aurait plus vraiment qu'à crier bien haut à ces élus du jour, à ces représentants des illusions et des passions de la foule : Prenez garde ! valeureux champions de ce que vous appelez la grande idée ; car, aveugle qui ne le voit pas, la question est posée aujourd'hui, claire et précise, pour toute puissance qui a charge d'âmes, et dont le devoir et l'intérêt est de se prémunir contre la contagion démagogique. Or, songez-y bien, quoiqu'il en coûte de le dire : vous n'êtes plus, pour l'Europe monarchique, le peuple discipliné et presqu'invincible qui a exigé naguère les efforts de plusieurs nations pour être dompté ; on ne croit plus à la puissance de vos *Marseillaises ;* on sait ce que valent, dans des luttes gigantesques et savamment préparées, les fleurs de rhétorique de vos poètes ; comme celle-ci, par exemple : *le Rhin lui seul peut retremper nos armes !* etc. On ne croit plus que les déterminés de vos faubourgs, puissent, *pieds nus, sans pain, sourds aux lâches alarmes, tous à la gloire marcher du même pas,* etc., On sait malheureusement, au contraire, ce que pèse sur les champs de batailles méthodiques, l'enthousiasme des criards de vos grandes villes ; et l'on est surtout las plus qu'effrayé aujourd'hui, de votre prétention à vouloir faire accepter par le monde civilisé les élucubrations de vos discoureurs et de vos visionnaires. Enfin, on a été récemment encore à même de juger ce que serait l'âge d'or de vos aspirations démocratiques égalitaires et fraternelles.

Car ton grand malheur, beau pays de France, c'est de ne pas t'apercevoir que depuis plus de quatre-vingts ans, ta versatilité politique, tes illusions économiques et sociales, ont donné à réfléchir aux autres peuples de la grande famille européenne; on est devenu positif, pour employer un terme familier. Aussi, là où règne le bon sens, le respect des choses qui ont vu naître et mourir des générations d'hommes, on redoute les conséquences de tes entraînements soi-disant humanitaires, mais au fond révolutionnaires, et en dehors de la réalité des choses. On sait surtout à qui profite, en général, la liberté, cette liberté chérie, chantée quelquefois il est vrai par des hommes bien intentionnés, simplement sous le coup d'illusions décevantes, mais le plus souvent *vociférée,* on peut dire, par les jeunes, les déclassés, et surtout par les avinés. Et ce dont, hélas! tu ne parais pas de douter, ô ma crédule patrie! c'est qu'en fait, dans tous les temps et chez tous les peuples, on n'a pu, jusqu'à présent, contenir, que par un pouvoir fort et suffisamment armé, les tendances anarchiques et les passions envieuses des foules; et que ceux qui ont été placés dès leur enfance assez haut, pour apprendre sérieusement à diriger les destinées des peuples, savent combien il est difficile, tant l'espèce est encore mauvaise, d'obtenir dans les agglomérations humaines, même une certaine sécurité sociale. Aussi comprennent-ils tous bien vite, que la chose la plus importante, en matière de gouvernement, c'est de protéger surtout ceux qui travaillent, épargnent et prient; c'est-à-dire ceux qui créent la richesse et élèvent le mieux la génération qui doit les suivre. Car, en définitive, sans sécurité sociale, sans une production protégée, sans la possession garantie et transmissible de la richesse, il n'y a ni bien-être ni civilisation possible.

Les hommes qui représentent et dirigent les grands troupeaux humains sont, du reste, bien convaincus — car ils touchent du doigt à chaque heure de la journée nos misères morales — qu'en dehors de l'amour de la famille, et dans la grande généralité des cas, l'égoïsme, l'orgueil, l'amour des jouissances, sont les seuls mobiles des actions humaines; et que ces mobiles sont simplement moins brutaux dans leur expression, plus facile à réfréner, en haut qu'en bas.

Ce qu'ils savent encore mieux que personne, c'est que dans l'intérêt même du plus grand nombre, ce sont les plus intéressés à l'ordre, les plus expérimentés, les plus intelligents, qui doivent diriger les autres. Du reste, les esprits un peu sagaces, un peu réfléchis, ont toujours compris qu'un pouvoir conféré par les masses, sous l'influence de certains entraînements passagers, est un pouvoir continuellement discuté, et sans force suffisante, quand il ne devient pas très-vite complètement impuissant.

Quoi qu'il en soit de toutes ces choses, et encore une fois, beau pays de France! ne cherche jamais, au nom du ciel, sous le coup de tes caprices politiques, de tes illusions économiques, à faire comme par le passé, appel à ces passions haineuses, révolutionnaires, que tu as toujours une tendance à éveiller chez les autres. Ne t'avise pas de croire surtout, que les peuples de l'ancien monde, pas plus que ceux du nouveau, en sont arrivés à pouvoir former une seule et même famille, à se passer de frontière; et que les différents groupes d'êtres humains, dont les idées et les intérêts le plus souvent en opposition, sont toujours disposés à échanger au moyen de l'électricité, des compliments fraternels. Sois bien convaincu ensuite, que notre infirmité morale est tellement grande, qu'il est encore très-difficile, même chez les nations les plus avancées en civilisation, de maintenir la paix sociale; en un mot, de contenir les mauvaises passions, et de protéger les intérêts matériels et moraux, de ceux qui ne demandent qu'à travailler en paix, et à voir respecter leurs croyances. Les peuples, en définitive, ne sont que des collections d'individus; ils ont donc, tout naturellement, les mêmes entraînements, les mêmes passions, les mêmes préjugés, que les individualités qui les composent. Et, qui ne le sait, malgré la venue de ces grands législateurs de l'Orient, malgré le Décalogue et l'apparition du Christ, l'être humain, même dans les plus grands centres de civilisation, est, en immense majorité, égoïste, orgueilleux, sensuel, irréfléchi. Et cela est tellement indiscutable, que dans nos plus éclatants foyers de lumières, on se défie à juste titre les uns des autres, lorsqu'on ne se connaît que superficiellement. Ainsi, par exemple, et pour mettre le doigt sur certaines plaies : les mères n'en sont-elles pas encore à jeter un regard soupçonneux sur ceux qui entourent leurs filles? Les hommes, lorsqu'ils portent un peu d'or sur eux, ne se tiennent-ils pas toujours en garde d'un contact étranger? Ensuite, ô comédie éternelle! et qui durera autant que l'espèce, celui qui n'a besoin de personne n'est-il pas, en général, plus ou moins fier, comme celui qui a besoin des autres est toujours plus ou moins obséquieux. Enfin, n'est-ce pas la nécessité de gagner sa vie, ou le besoin de rapports convenables avec nos semblables, qui rend sociable le plus grand nombre, et qui le plus souvent fait que nous sommes polis, obligeants et en apparence dévoués?

Il est donc rationnel de craindre, que dans les conditions d'infirmité morale où nous nous trouvons encore, où nous serons longtemps, sans des lois sévères et suffisamment armées, sans cette espèce de hiérarchie imposée par la force des choses, c'est-à-dire, par les exigences des situations, par la nécessité de vivre en bons rapports avec nos semblables, tout ce qui constitue les bases d'une société serait bien vite remis en question; car, pour paraphraser une expression pittoresque, *il ne faut pas gratter bien fort l'homme prétendu civilisé, pour voir reparaître, dans l'immense généralité des cas, l'écorce du sauvage.*

Aussi, que l'anarchie vienne étendre un jour ses ailes affolées sur nos villes et nos campagnes, et nous verrons bien vite toute sécurité sociale disparaître; et comme dans certains pays, qui ont vécu jadis tranquilles et prospères sous des pouvoirs forts et respectés, des bandes de pillards parcourir nos routes, aujourd'hui à peu près sûres. Malandrins qui, sous un prétexte ou sous un autre — les prétextes n'ont jamais manqué — chercheraient à vivre aux dépens de leur prochain. Ne sait-on pas, en effet, qu'au fond une partie de ceux qui se résignent à gagner assez péniblement leur vie, préfèreraient de beaucoup mener une existence nomade, avantureuse, ayant ses jours de jouissances et de dangers.

Ne craignons donc pas de le redire sans cesse : si peu qu'on ait observé le monde moral, et médité sur les faits sociaux, on sent que c'est simplement pour ainsi dire, l'amour de la famille, le désir d'acquérir, l'orgueil de se distinguer des autres, qui font que dans l'immense majorité des cas, l'être humain s'ingénie, travaille, amasse, constitue la richesse, et que les générations se succèdent nombreuses, et de plus en plus prospères, si elles ne sont pas trop troublées par des cataclysmes politiques et sociaux; finalement, que l'espèce s'améliore. Mais l'aiguille de la véritable civilisation est lente à marcher sur l'horloge des siècles ; et encore aujourd'hui, malgré d'heureuses modifications apportées dans le monde moral par des êtres prédestinés, entre le sauvage et l'homme civilisé, il n'y a guère encore qu'une question d'éducation et de milieu. Le dogme chrétien, si consolant et si pur, n'a même pu modifier, aussi profondément qu'on serait tenté de le croire, la plante humaine ; l'enfant, quoiqu'en ait dit un rhétheur illusionné, est presque toujours disposé à mal faire, à écouter ses instincts égoïstes et envieux, et pour peu qu'il soit abandonné à lui-même, il devient bien vite, dans la grande généralité des cas, paresseux, sensuel, fourbe et cruel. Enfin, si la loi morale n'était pas inculquée aux hommes dès leur enfance, et si leur vie ne se passait pas sous l'étreinte d'une contrainte légale fortement constituée, si la nécessité du travail ne s'imposait pas au plus grand nombre, nous retomberions bien vite au niveau des races primitives ou dégénérées, si l'on veut, peu importe du reste.

Et on aura beau faire, les intérêts matériels, en dehors du cercle de la croyance, ont toujours dominé et domineront toujours les choses de ce monde ; d'autant plus que l'on devient de plus en plus positif sous l'influence de cet énorme développement de l'industrie agricole, manufacturière et commerciale. C'est du reste ce qui fait que les sociétés avancées en civilisation, auront toujours d'autant plus impérieusement soif d'ordre, de sécurité, et de stabilité politique.

Mais qui pourrait affirmer que certaines et fatales expériences ne sont plus à faire, quoique les intelligents commencent à comprendre, que tout ce qui s'appuie simplement sur nos sentiments expansifs et irréfléchis est bien fragile, ne peut rien constituer de durable; enfin, que tout ce qui trouble le bien-être, s'oppose au mouvement producteur, et, conséquemment à la constitution de la richesse, est nuisible à la civilisation et à l'accroissement de l'espèce. Sans doute, il n'en faut pas moins toujours tendre à ce que l'éducation, l'abri, le vêtement, soient de plus en plus à la portée du plus grand nombre; mais cela ne peut avoir lieu, en définitive, qu'avec la sécurité sociale et l'accroissement de la prospérité publique.

Illusionnés et rêveurs, ceux qui ne comprennent pas qu'aujourd'hui, le premier de tous les biens pour une société, c'est la stabilité politique, l'ordre moral et matériel; c'est-à-dire que tous soient forcés de se soumettre aux impérieuses exigences de la loi et de la règle; et qu'en définitive, dans tous les temps, sous tous les régimes, la portion la plus intéressante, à tous les points de vue, et la plus méritante des agglomérations humaines, ne demande, encore un coup, qu'à remplir en paix sa mission sur la terre. Il faut donc chercher, avant tout, à mettre l'homme en mesure d'obtenir par son labeur quotidien, les moyens de faire face à ses besoins matériels, à ceux de sa famille ; et à même, par sa prévoyance, de s'assurer des ressources pour ses vieux jours.

Toutes les activités humaines bien ordonnées ne convergent-elles pas vers ce but?

A présent, pour en revenir à ces tendances démocratico-démagogiques, qui doivent nous conduire fatalement aux cataclysmes politiques et sociaux, sans que les sages et les expérimentés puissent le plus souvent en modérer la marche; il est de toute évidence qu'à l'heure actuelle, les idées des masses sont, en général, contraires au principe d'autorité, et qu'elles paraissent tendre vers l'extension indéfinie de toutes les libertés. Or, c'est précisément ce qui constitue le grand danger social que nous nous efforçons de signaler. Car il devient de plus en plus difficile de modérer les entraînements des foules, dans une société où le dernier des gardes-champêtres, le plus ignorant des journaliers, ont des prétentions à la clairvoyance politique; dans laquelle, hélas! les hommes d'Etat effarés ont manqué si souvent de bon sens, de prévoyance, et même d'énergie. Ensuite, peut-on vraiment compter sur le respect du peuple envers les pouvoirs sociaux, là où l'on change de forme de gouvernements aussi facilement que l'on modifie la coupe de ses vêtements? Il est donc malheureusement supposable, que tous nos cris d'alarmes ne parviendront pas à troubler les préoccupations quotidiennes de notre monde sceptique et affairé; mais qu'importe! le devoir, en pareil cas, est d'oser dire ce que l'on croit être la vérité. Faudrait-il donc renoncer à élever la voix dans les époques troublées, parce qu'on a la conviction qu'on ne sera ni écouté ni compris? Du reste, c'est au moins faciliter la tâche à d'autres, qui seront peut-être plus heureux, surtout s'ils surgissent dans ces moments solennels où l'évidence du danger frappe les moins clairvoyants de stupeur, et lorsqu'une société commence à ressentir les affolements de l'effroi; car alors elle est disposée à prêter l'oreille au moindre avertissement. Après tout, le mal n'est-il pas une chose inhérente à notre nature? Et plus on étudie avec sagacité la marche de la civilisation, plus on voit que toute évolution, comme tout retour vers le bien, coûte cher à l'humanité; à moins que ces choses ne soient imposées par un pouvoir puissant et respecté. Il faut donc l'avouer avec tristesse, dans la plupart des cas, c'est d'ordre humain, le bien ne se produit qu'à la suite d'un excès du mal.

Tu suivras donc sans doute, malgré tout, ô mon orgueilleuse patrie, la voie dangereuse dans laquelle tu es engagée ; et il est malheureusement supposable que jusqu'au dernier moment, tout ce que te crieront quelques consciences effrayées, occupera moins ton attention qu'une de ces chansons dites avec tant *d'humour* par une ballerine préférée. Aussi, vienne l'heure de tes défaillances politiques et sociales, et nous verrons encore les masses ahuries, inconscientes, acclamer de nouveau tous ceux qui flattent leurs illusions, et semblant partager leurs haineuses passions. Nous les verrons acclamer surtout, ceux qui à chaque heure du jour exploitent cette formule sournoise et mensongère : *liberté, égalité, fraternité!* Mais quoi que fassent les hommes qui ont foi dans l'avenir des grandes aspirations démocratiques, et les prestidigitateurs en socialisme et en démagogie, tous ceux qui s'appuient sur les forces d'en bas — là où il y a, quoiqu'ils en disent, peut-être plus d'orgueil et d'égoïsme qu'en haut — marcheront à contre-sens de l'expérience et de la logique.

Les mauvaises tendances de l'homme sont déjà assez difficiles à maîtriser, quand on s'appuie seulement sur les force *d'en haut*, c'est-à-dire sur ceux qui ont le plus de savoir, le plus d'intelligence, le plus d'expérience ; et qui, par le fait de leur situation, sont les plus intéressés à la stabilité et à l'harmonie sociale. Sans doute, il est d'ordre naturel, et surtout d'ordre divin, de gouverner dans l'intérêt bien compris du plus grand nombre, mais non pas en s'appuyant sur lui, et encore moins en agissant sous sa dépendance.

Ensuite, quel que soit le côté séduisant des formules expansives, en politique et en économie sociale, ce n'est pas avec elle que l'on changera l'axe du monde moral, car, encore un coup, la presque totalité des hommes tendent invinciblement à rapporter tout à eux. Ce qui revient à dire, que l'orgueil et l'intérêt particulier seront toujours les plus puissants mobiles des actions humaines. Du reste, une hypocrite fraternité, par exemple, qui masque des visées absurdes de solidarité, devrait-elle être prise au sérieux dans un monde duquel on a pu dire, avec une grande apparence de raison, *que les plus fortes amitiés n'étaient que des intérêts concertés!* où, en dehors de ceux qui ont les yeux levés au ciel, et des manifestations de l'amour de la famille, tout est, on le sent bien, égoïsme et vanité.

En résumé, vouloir imposer une organisation sociale de convention, à une société riche, prospère, positive, constituée en définitive de cette façon, qu'une hiérarchie basée sur la situation méritante, sur le talent, la fortune noblement acquise, les services rendus, a tout naturellement une action dirigeante; ce ne peut être qu'une folie de sectaires, de l'aberration au premier chef. D'autant plus, que dans notre constitution sociale, on peut dire que les besoins les plus impérieux de l'homme se trouvent complètement satisfaits; nous voulons parler ici de la sécurité individuelle, du droit de propriété, de l'égalité civile. Mais, affirmons-le une dernière fois, pour garantir à l'homme toutes ces choses, il faut un pouvoir fort et concentré, et des conventions sociales énergiquement imposées.

Aussi, avoir la prétention de remplacer tout cela par une liberté illimitée, compromettant forcément, par sa nature même, l'ordre moral et matériel ; par une égalité mensongère et envieuse, une fraternité hypocrite, ou plutôt une solidarité contre nature ; enfin, par une organisation du travail autre que celle qui a pour base la liberté économique, la concurrence loyale, et pour stimulant l'intérêt particulier, c'est tout simplement insensé ! C'est avoir, en réalité, la bouffonne prétention de faire plus que n'a fait Celui qui, parlant au nom de son père céleste, et dispensateur lui-même d'éternelles félicités, n'a pu dompter nos entraînements égoïstes et vaniteux, qu'en nous pénétrant de son souffle divin.

TROISIÈME PARTIE

Les quelques pages précédentes, que nous venons de relire, ne nous ayant pas paru suffisantes pour l'entier développement de notre thèse, nous croyons donc devoir nous étendre encore sur un point. Il s'agit ici de l'outrecuidance de prétendus historiens, qui ne sont en réalité que des faiseurs de romans historiques, parlant tous les jours encore, comme s'ils n'avaient pour auditeurs que des ignorants, de ces grands évènements qui ont marqué la fin du dernier siècle et le commencement de celui-ci. Ces hommes, inféodés pour la plupart à l'idée-révolutionnaire, cherchent sans cesse à faire croire qu'une évolution sociale devenue inévitable, et dont les bases étaient acceptées à l'avance par tous les esprits éclairés, ne pouvait avoir lieu sans ce bouillonnement anarchique et plein d'écume sanglante de 93, qui n'a fait, en réalité, qu'en retarder la sage et légitime éclosion. On s'acharne obstinément, en effet, à vouloir prouver à notre génération, au mépris de toute vérité historique et philosophique, que nous devons à ce qu'on appelle la Révolution, l'égalité civile, l'effacement politique de castes qui n'avaient plus leur raison d'être, ainsi que la liberté du travail. Grossière erreur! propagée à dessein par une suite de rhéteurs plus ou moins habiles, au moyen d'une certaine mise en scène, n'ayant que bien peu de rapports avec la réalité. On peut même dire que chez ces narrateurs de fantaisie, chez ces discoureurs verbeux et pleins d'emphase, les faits sont continuellement travestis pour les besoins d'une mauvaise cause, jugée telle, depuis longtemps, par tous les esprits sagaces et impartiaux, par ceux qui ont voulu sérieusement aller au fond des choses.

Ainsi, on ne comprend vraiment pas qu'on puisse s'obstiner à confondre ce qui ne devait être, en 89, qu'une évolution sociale, expression légitime de la pensée nationale, formulée dans les cahiers de la plupart des mandataires du pays, arrêtée même, on peut le dire, dans l'esprit des membres éclairés de la noblesse, avec ce qu'on a voulu édifier par la force brutale, et au mépris des nécessités gouvernementales les plus impérieuses. C'est-à-dire, pour nous résumer, cet ordre de choses impossible, formulé emphatiquement dans cette prétentieuse déclaration des Droits de l'Homme, dont il suffit de citer un seul article, pour en faire comprendre la vaniteuse inanité. N'y est-il pas dit, par exemple, article 19 : *Toute institution qui ne suppose pas le peuple bon et le magistrat incorruptible, est vicieuse.* Ce qui revient à ceci : il faut supprimer les gendarmes, et tous les contrôles administratifs et judiciaires.

Tout est de cette force, dans ce factum, rédigé par des législateurs improvisés, et où il n'est pas plus tenu compte des tendances instinctives de l'humanité que des nécessités sociales. Aussi, la vérité *vraie*, c'est que les hommes de 91, pour mieux les désigner, étaient tellement sous l'influence des rhéteurs et des sophistes, qu'ils se sont aperçus, trop tard, qu'ils avaient été les complices de sectaires ayant perdu tout sens moral; lesquels, poussés par les clameurs furibondes des foules inconscientes, et surexcités en même temps par les obstacles que rencontrait leur odieux régime, ont été jusqu'à essayer de comprimer par la terreur, d'éteindre dans le sang, des résistances devenues légitimes. Et ces choses se faisaient, ô cruelle ironie! sous le couvert d'une prétendue *liberté*, qui n'était que l'anarchie en permanence; d'une *égalité*, brutale expression de passions envieuses, inassouvies, et d'une *fraternité* dont la forme impérieuse et menaçante s'alliait à des actes de véritable sauvagerie. On peut donc dire, sans exagération, qu'on a sacrifié alors, à ces trois grandes idoles du temple démagogique, plus de victimes que n'en sacrifiaient à leurs dieux avides de sang nos premiers ancêtres.

Mais, chose plus inavouable encore! c'est qu'en

définitive, les hommes qui faisaient couler ce sang, se sont poussés tour à tour, avec force invectives, sous le couteau sanglant de l'exécuteur public. Ainsi, le plus en vue, le plus emphatique, et sans nul doute le plus dissimulé de cette bande de discoureurs-bourreaux, est venu aussi à son heure, la face ensanglantée par une tentative de suicide, expier sa froide cruauté sur ces mêmes planches fatales, qui avaient reçu les derniers frémissements de tant de nobles et résignées victimes. Et si l'épouvante et la rage concentrées de ce dictateur de quelques jours, lui ont laissé au moment suprême un peu la possession de ses esprits, il a dû entendre, autour de lui, les mêmes vociférations qui avaient retenti aux oreilles des malheureux qu'un tribunal de lâches et d'assassins-trembleurs envoyait par charretées à la mort; vociférations poussées par ces natures sauvages, le plus souvent avinées, qui sont toujours si nombreuses dans ces centres de civilisation dont nous sommes si fiers.

Mais ne l'oublions pas, tous ces actes horribles sont non-seulement excusés, mais glorifiés aujourd'hui par des sectaires qui oseraient encore ériger en système politique la vengeance et les revendications sanglantes; et cela, au nom des prétendus grands principes représentés par l'hypocrite formule qu'on prétend tout contenir en matière de science sociale, et dont le dernier terme est *Fraternité*. Or, à ce propos, ne craignons pas de le répéter encore : aux yeux de certains utopistes qui spéculent sur des passions inavouables, et rêvent au fond l'égalité des biens et des jouissances, le mot fraternité n'est, en réalité, qu'un euphémisme, il en masque sournoisement un autre, qui équivaut à ceci : tous ceux qui font partie de la communauté, prise dans son sens le plus large, comme tous ceux qui y viennent au monde, ont des droits sur ce que possèdent les autres. Voilà le vrai radicalisme, le radicalisme sans phrase, en matière d'économie sociale; de même que le radicalisme politique veut que le dernier des déclassés, des ignorants, des paresseux, ait autant de poids dans la balance gouvernementale que le plus éclairé, que le premier des hommes d'Etat. Ce qui fait qu'une fois sur la pente démocratique, ou plutôt démagogique, anarchique, égalitaire, il est vraiment inutile de chercher à s'arrêter quelque part; il n'y a plus qu'à se laisser rouler jusqu'au fond du fossé, comme on dit vulgairement. Et à ce sujet, il ne faut pas craindre de le redire à satiété : la base du régime démocratique, c'est la liberté illimitée, cette liberté qui n'a jamais été que la liberté de mal faire, puisqu'elle a toujours servi à surexciter les passions haineuses et anti-sociales.

Du reste, la liberté, sans de grands correctifs, n'est vraiment invoquée que par ceux qu'une discipline sévère gênent plus ou moins. Ainsi, étudiez les dispositions instinctives de l'enfant, celles du jeune homme, rendez-vous bien compte des agissements de l'être humain en général, qu'il occupe le bas ou le haut de l'échelle sociale, ne cherche-t-il pas à abuser de sa liberté d'action? car, qu'on ne s'y trompe pas, un excès de pouvoir n'est, en définitive, que l'abus d'une liberté.

Maintenant, et pour en finir, si nous descendons un peu dans l'étude sérieuse des faits, qui voyons-nous, en général, réclamer à cors et à cris des libertés? Sont-ce ceux qui travaillent et qui prient, et ne demandent qu'à élever en paix leur famille? ceux-là ne réclament que la protection sociale et la justice, et respectent toujours volontiers les pouvoirs établis. Non! les hommes qui paraissent avoir, on peut dire, une soif inextinguible de liberté, ce sont les illusionnés en politique et en matière de science sociale, ceux qui ont d'ambitieuses visées, auxquels on peut ajouter les déclassés; puis, surtout, les tristes êtres faisant partie de cette grande et formidable armée du mal, laquelle, répétons-le, occupera toujours les bas-fonds de toutes les sociétés, même des plus avancées en civilisation. Armée dont le plus souvent les soldats tendent la main ou menacent selon l'occasion, et qui représente, on pourrait dire, l'écume de la marmite sociale.

Enfin, la vérité *vraie*, on ne saurait trop l'affirmer, c'est que les laborieux, les hommes de bon sens, les prévoyants ont toujours eu chez nous assez de liberté, depuis l'établissement de ces régimes politiques dits constitutionnels; et chose bien significative, au résumé, c'est que la plupart des politiciens qui, depuis la fin du dernier siècle, sont parvenus à conquérir de la popularité en parlant sans cesse de liberté, ont été les premiers — c'est déjà dit — à mesurer avec la plus grande parcimonie possible, une fois arrivés au pouvoir, les doses de cette drogue funeste, que réclament toujours avec menaces ceux qui leur ont facilité l'escalade.

Mais ne perdons pas de vue le but principal de notre thèse.

Oui, en dépit de faits avérés, au mépris de la logique et du bon sens, et surtout pour les besoins d'une cause difficile à défendre au grand jour, on s'est complu à confondre, jusqu'à présent, les aspirations légitimes de nos pères de 89, avec le dévergondage politique et social qui devait amener au pouvoir les représentants des prétendues revendications populaires ; ceux qui, — sous le prétexte de liberté et de fraternité, — allaient nous donner l'affreux spectacle de gens qui s'emprisonnent et s'entre-tuent. Et cela froidement, on peut le dire, comme si la justice et la pitié avaient disparu à jamais de ce monde. Il est donc vraiment déplorable de voir aujourd'hui des rhéteurs écoutés se faire les apologistes de cette effrayante époque, quand quelques-uns des propres fils des victimes qu'elle a faites, sont encore vivants, et ont sous les yeux l'image de leurs pères injustement et impitoyablement massacrés. On ne paraît donc plus vouloir se souvenir, que les tristes héros de toutes ces orgies politiques ont entassé tant de ruines, amassé tant de haines, révolté à ce point la conscience publique, qu'un pouvoir absolu, en quelque sorte, a été acclamé parce qu'il était devenu nécessaire, afin de replacer, comme on l'a dit depuis dans des circonstances presqu'analogues, la pyramide sociale sur sa base. On ne saurait le répéter : il ne s'agissait pas en 89 de tout renverser, de faire litière de tout ce que nous avait donné et appris le passé ; il s'agissait simplement de mettre un terme à des abus qui se perpétuaient sans avoir une raison d'être, et surtout d'en finir avec un gaspillage financier plus qu'inintelligent, avec une imprévoyance toute orientale. Et ce que nos pères voulaient simplement, en définitive, c'était l'égalité civile et le contrôle du pouvoir. Voilà comment on doit envisager, si l'on veut rester dans la vérité historique et philosophique, le point de départ des évènements politiques qui ont eu lieu en France dans les dernières années du dix-huitième siècle.

Aussi, les aspirations si légitimes des esprits sages de cette époque, auraient eu un bien plus utile retentissement, si elles se fussent réalisées pacifiquement et avaient été contenues dans de sages limites. Mais elles furent compromises, à leur début même, par des hommes pour la plupart bien intentionnés, on doit le croire, mais dans tous les cas peu expérimentés, qui ont méconnu comme à plaisir les tendances anarchiques des masses, et la nécessité de leur opposer toujours un pouvoir fort et respecté. Et leur grande culpabilité, c'est de s'être laissé entraîner pour la défense d'une cause juste au fond, à faire appel aux mauvaises passions, et d'avoir préparé ainsi sans le vouloir, la venue de leurs sinistres successeurs ; ces représentants d'aspirations irréfléchies et de brutales tendances ; ces sectaires qui devaient souiller de tant de crimes une époque s'annonçant comme devant constituer une des phases les plus fécondes et les plus majestueuses du grand mouvement civilisateur.

Néanmoins, il faut reconnaître que bien des illusions généreuses, bien des entraînements excusables se sont produits dans la nuit du 4 août ; mais combien ceux qui pleuraient de joie, en se jetant dans les bras les uns des autres, se doutaient peu de ce qui allait suivre ! A coup sûr, pas un de ces quelques nobles cœurs qui croyaient ouvrir l'ère des sages libertés, des grands progrès humanitaires, n'avaient le pressentiment de ce qu'une liberté sans freins, un essai d'égalité brutale et envieuse et de fraternité frelatée, allaient accumuler de ruines et coûter de sang à notre pauvre pays. Il n'en est pas moins certain qu'au milieu de cette foule de législateurs en délire, parmi lesquels se laissaient déjà deviner des sectaires hypocrites et ambitieux, se trouvaient des natures d'élite, ayant compris leur grande mission, et sentant instinctivement où il fallait s'arrêter pour ne pas trop ébranler les bases de l'édifice social. Mais, hélas! ils ont été bien vite débordés, pour parler un certain langage, et comme submergés par le flot toujours grossissant des entraînements démagogiques; et surtout paralysés par ces appels incessants aux mauvaises passions, comme par l'intervention de cette armée du mal avec laquelle il faut toujours compter, surtout dans les troubles sociaux. Paix, du moins à leur mémoire! car ils ont payé de leur vie ou de leur liberté leur tardive et inutile clairvoyance, comme leur répulsion pour toutes les oppressions, qu'elles viennent d'en haut ou d'en bas. Ce qu'il y a de certain, c'est que si dans cette nuit du 4 août, la plupart d'entre eux avaient entrevu les fatales conséquences de ce qu'ils voulaient tenter; s'ils avaient pu se douter du gâchis social et politique dans lequel notre pauvre pays allait tomber, et des crimes abominables qui devaient se commettre sous le couvert de cette formule décevante, dont les deux premiers termes sont la négation de tout ordre social, et dont le dernier ne peut être réalisé que sous l'empire du dogme chrétien; ces hommes, disons-nous, se fussent rejetés en arrière, épouvantés par la vision sanglante, et seraient restés groupés plus fortement autour de ce pouvoir représenté par un prince doux et intelligent, qui avait déjà donné dans ses domaines l'exemple de magnifiques réformes:

prince dont la mission providentielle paraissait être d'accepter les bases de l'ordre social nouveau.

Mais il ne faut pas craindre de le redire sans cesse à notre oublieuse génération : avant même d'avoir fait les premiers pas dans la voie d'une sage liberté, le lion populaire avait rugi, selon l'expression emphatique des tribuns de bas étage, et paraissait ne pas vouloir se contenter d'une première proie ; on a donc cru devoir l'apaiser en lui offrant d'autres victimes, et de sacrifices en sacrifices, les victimes elles-mêmes allaient manquer, quand les bourreaux-pourvoyeurs se lassèrent et s'entre-tuèrent.

Eh bien ! affirmons-le de nouveau en terminant : tous ces malheurs ont tenu à ce que les véritables représentants des aspirations légitimes de nos pères, dans le trouble de leurs idées et leur peu de sagacité politique, ont malheureusement confondu deux choses entièrement distinctes : le contrôle, qui était devenu nécessaire dans tous les rouages de la hiérarchie politique et sociale, seul correctif puissant de l'infirmité humaine, avec ces libertés plus ou moins illimitées, qui nous conduiront toujours, par une pente fatale, par une logique impitoyable, à l'instabilité politique et à l'anarchie.

Quel est, du reste, l'esprit un peu sagace, l'homme un peu expérimenté, ne se payant pas de mots et connaissant la nature humaine, qui ne sent, par exemple, que cette égalité politique, conséquence, en quelque sorte, d'une égalité civile poussée bien loin, constitue aujourd'hui le grand danger social que nous courons. L'égalité politique est même de sa nature tellement subversive de toute stabilité gouvernementale, tellement en dehors de la logique et du bon sens, que l'on ose à peine parler de ses conséquences obligées. Ainsi, faut-il répéter encore que sous ce régime inintelligent, le dernier des ignorants et des déclassés a la même part de souveraineté politique que l'homme le plus expérimenté, le plus haut placé dans l'estime publique; celui qui a rendu le plus de services à son pays. Est-ce acceptable? Un tel état de choses est-il logique, est-il avouable? surtout quand on sait combien il est difficile de conduire les hommes, combien ils sont enclins à la passion, à l'erreur ; et les tempéraments dont il faut ne cesser de se servir, pour maîtriser les ambitions et les convoitises, comme pour contenir cette indiscipline instinctive des esprits. N'avons-nous pas toujours, en général, une tendance à ne nous soumettre qu'à la force matérielle, et à méconnaître même, quand faire se peut, les froides décisions de la justice? La théorie du peuple souverain, en tant que peuple ayant le droit à chaque heure du jour, de mettre en cause ses gouvernants et s'occupant constamment de politique, subissant les excitations d'une presse déchaînée, celles de la parole des sectaires au moyen du droit illimité de réunion, est tout simplement effrayante; car elle entraîne inévitablement dans la pratique, l'impuissance et l'instabilité des pouvoirs dirigeants. De même que l'élection directe et constamment renouvelée des fonctionnaires publics, est incompatible avec une puissance répressive suffisante; car dans ce cas, et par la force des choses, ces fonctionnaires deviennent en quelque sorte passibles du tribunal de la rue. Enfin, en pratique la théorie du peuple souverain c'est l'anarchie en permanence, car c'est encore inévitablement, l'élection introduite dans la constitution de la force publique, dans l'armée, ce qui ne peut manquer d'avoir pour conséquences fatales le relâchement de la discipline, et naturellement l'affaiblissement de cette puissance défensive et répressive à la fois, qui représente et constitue la force sociale.

Ce mode de constitution politique, on le sait, était le rêve de l'enfant terrible des coulisses démocratico-révolutionnaires, de celui dont il a déjà été question, de l'homme de l'antinomie et de la négation; mais qui, néanmoins, éclairé un jour par une lueur de perspicacité, a laissé échapper, comme malgré lui, cette parole profonde souvent citée : *l'homme ne s'est discipliné que sous la terreur religieuse et la crainte du pouvoir; il n'a travaillé que contraint et forcé!*

Qui oserait en effet s'inscrire en faux contre cette affirmation et prétendre, en connaissance de cause, que l'humanité, dans son ensemble, peut se passer de la terreur religieuse comme sanction de la morale; et que, généralement parlant, l'homme travaille sans y être contraint par la nécessité?

Ne faut-il pas méconnaître l'infirmité humaine, et tenir bien peu compte d'expériences chèrement payées, pour croire, en matière d'institutions politiques, aux bienfaits de la liberté illimitée, à la nécessité d'avoir des réunions publiques en permanence, à l'innocuité de l'exercice du pouvoir par le peuple assemblé! Le gouvernement de tous par tous, cette bizarre et irréalisable formule, n'est en définitive, que l'absence de gouvernement; c'est au fond, dans la pratique, le règne des minorités audacieuses s'emparant de l'arène politique et s'imposant aux timides et aux laborieux. C'est aussi la perte de toute sécurité sociale, par le fait d'une répression insuffisante; et certains pays lointains qui végètent sous des institutions démocratiques, nous donnent constamment l'exemple de ce que l'instabilité et la faiblesse du pouvoir peuvent causer d'anarchiques désordres. Ainsi, là, malgré les grandes phrases et les belles promesses de ceux qui occupent à tour de rôle ce pouvoir, la propriété même est si peu protégée, en général, que l'énergie seule de celui qui la possède peut lui permettre d'en jouir. Et, chacun ne pouvant plus compter sur la force sociale pour lui garantir son bien, en est réduit à s'arranger du mieux qu'il peut, pour se mettre à l'abri de la rapine et de la violence. Aussi quand on connaît un peu les hommes et les choses, et malgré tout l'optimisme dont on peut être doué, on se prend à désespérer d'un pays où l'on voit, dans certains moments, les rhéteurs, les utopistes, les faiseurs de boniments politico-socialistes, tenir le haut du pavé; d'un pays qui est sous la fascination de telles illusions humanitaires, que l'on peut lire, par exemple, dans un livre destiné à guider les hommes chargés de surveiller l'instruction des enfants dans les écoles publiques, des choses comme celles-ci : *les instincts de la jeunesse sont bons, ce sont les fausses directions qui les pervertissent.*

O Rousseau! rhéteur séduisant, mais triste caraccractère, on le voit, tes élucubrations aussi poétiques qu'irréfléchies, sont restées vivaces dans le cœur de nos générations! Néanmoins, il faut ajouter qu'aujourd'hui, l'avant-garde de nos libres penseurs, de nos esprits forts, est déjà bien loin de ton vicaire savoyard, de tes grands élans de spiritualité. Et si les bruits de ce monde peuvent encore te parvenir, tu dois être bien humilié, toi qui a soutenu que l'homme est né bon, que la civilisation ne fait que fausser son heureuse nature, de voir se développer une certaine science, qui vient nous prouver tous les jours que l'être humain n'a été, pendant des centaines de siècles, qu'un carnassier plus rusé, mais aussi sanguinaire que les autres, et tout simplement d'un égoïsme plus raffiné. Enfin, ce qui doit le plus te surprendre, c'est de voir que de prétendus grands observateurs admettent aujourd'hui que d'une chose sans nom, d'une espèce de masse gélatineuse flottant à la surface des mers primitives, et constituée par une attraction moléculaire inconsciente, est sortie toute la vie organique qui devait se répandre sur la terre; et que le monde moral, que l'on n'ose pas encore nier, est simplement la conséquence de transformations physiques de plus en plus perfectionnées, mais toutes nées du hasard. Quant à ce qui regarde le règne végétal, ce n'est pas la peine d'en parler, il a suffi, à ce qu'il paraît, d'un peu d'eau et de lumière, en contact avec du sable, pour que l'innombrable variété des mousses microscopiques apparaisse, et que, par la force des choses, comme par échelons successifs, de leurs détritus accumulés naisse le monde infini des végétaux et les géants de nos forêts.....

Merci, profonds investigateurs! Il ne vous reste plus rien à expliquer. Avec des données semblables, il est inutile, en effet, de s'occuper du ciel et de ses myriades de soleils; astres immenses, pleins de puissance rayonnante, et roulant dans l'espace infini! Sources intarissables d'un fluide vivifiant et inpondérable, astres plus nombreux que les grains de sable de la mer, et selon toute probalité, entraînant à leur suite des globes comme le nôtre, encore plus innombrables, et en grande partie chargés de vie...

Mais, s'il faut en croire les menaces des sectaires en démagogie et en négation, il deviendra, avant peu, dangereux de s'occuper de ces choses; de garder au fond du cœur une croyance, et on nous contestera sans doute bientôt le droit de lever les yeux vers le ciel. C'est alors probablement que la science sociale se résumera dans le laisser-faire d'une sélection due au hasard, d'une promiscuité bestiale, et que le droit et la justice se confondront dans une solidarité contre nature. Or, ce qui se passera devient bien simple à prévoir : les plus forts, les plus audacieux, auront bientôt fait justice des plus faibles, et nous tomberons en pleine animalité. Et si quelques-uns savent encore lire et écrire, on verra peut-être inscrit sur les restes de nos monuments : *A chacun selon ses besoins et selon ses forces!*

O Darwin! bonhomme patient et chercheur; en démontrant que toutes les espèces de pigeons dérivent du bizet, et avec moins de succès, il est vrai, que l'homme pourrait bien descendre d'une espèce intermédiaire entre le singe et lui, tu ne pensais pas sans doute tuer sans rémission l'idée spiritualiste. Mais les disciples vont toujours plus loin que le maître; aussi es-tu peut-être déjà en butte à leur ironie libre-penseuse, pour n'avoir pas osé tirer assez ouvertement les conséquences de tes prémisses. Mais, ô contempteurs des choses divines! vous aurez beau dire, vous ne nous ferez jamais admettre que ces cellules primitives, qui contenaient en germe toutes les créations successives et le monde moral, soient le résultat d'une opération inconsciente du grand laboratoire de la vie.

Maintenant, qu'on ne s'y trompe pas, toutes les aberrations dn ce genre sont liées, plus qu'on ne le croit, aux aberrations sociales et politiques. Où toutes ces choses nous conduiront-elles? Là est le secret de Dieu! Faut-il craindre enfin que la croyance, cette lumière qui brille avec plus ou moins d'éclat sur la terre, depuis que, par sa puissance spirituelle, l'homme est sorti des langes de l'animalité, et qui a été le point de départ de toutes les civilisations, n'aille en s'éteignant sans retour? Aurait-elle fait son temps, comme ce bon Dieu dont plaisantent les esprits forts de la démagogie? Dans ce cas, le jour ne serait pas éloigné où nous n'oserons plus parler qu'à voix basse des dogmes divins, car il pourrait bien se faire qu'à une certaine heure, les sectaires du néant eussent l'idée, après boire, de fusiller jusqu'au dernier des adorateurs du Christ.......

Les ténèbres de la barbarie s'étendraient alors de nouveau et de proche en proche sur la terre; notre espèce parcourerait encore un cycle de sauvagerie, jusqu'au jour probable, où du milieu de ce cloaque humain, une étincelle divine viendrait ranimer dans un être prédestiné, le flambeau de la croyance.

M. G.

www.ingramcontent.com/pod-product-compliance
Ingram Content Group UK Ltd.
Pitfield, Milton Keynes, MK11 3LW, UK
UKHW020348230726
13925UKWH00003B/1026

9 782014 045840